一旦、退社。

50歳からの独立日記

堀井美香

大和書房

はじめに

それは、ゆくりなく選んだことだった。

ある日、50歳というキリのいい数字を前にして、一旦、退社してみようかな、と思った。

会社員生活を手放す覚悟も、将来の構想もないままに、ふと、である。

だから意志あるところに道ができたのではない。

とりあえず違う道をすすんでみたら、意志があとからついてきた。

生きてきた50年のうちの、たった1年にも満たない時間。

でも会社を辞めてから過ごした日々は、自分の記憶の中からはちきれそうだった。

想像していたような森閑とした道ではなくて、進めば進むほど千々に乱れさんざめく。

現在地を見失わないようにと目の前のことを記していたら、自分があの時ふと新しい場所を選んだ理由がわかってきたような気がした。

新しい場所に出たら、初めて見る景色に驚いた。

今まで抱いたこともない感情をもった。

そして時間の流れも時間の価値も明らかに違った。

会社員時代、大きなホールでクラシックを聞くのが好きだった。ベルベットの椅子に姿勢良く座り、演奏が始まる前の静寂を感じる。物音ひとつ立ててはいけない空間で、音だけに集中する。

演奏が終わると少しの余韻を待ち、一気に拍手と歓声が爆発する。

静と動、一変する空気の流れ。

今ではなく、いつもその先を見ていた。だから、はっきりと時間がうつりかわっていくのを感じることが心地よかったのだろう。

フリーになった私は、区民センターのパイプ椅子に座りプロレスを見ている。リング上のレスラーたちの叫び、場外乱闘、前衛劇のようなパフォーマンス。置かれた空間の音も視線の先も雑然としていて、何が何やらわからない。でも会場の大歓声の中から、体がぶつかり合う生音、ロープのしなる音、そんな、わずかな音を拾い上げていく。

いつのまにか混沌の中にいても、残しておきたい瞬間を切り取れるようになっていた。

そうやって、今その時に集中し、意識を埋められている自分に安堵している。

蒔き直しはいつでもできる。でも、自分に与えられた時間がもう有限なことも知っている。

だからその先を急ぐのではなく、一日一日にしおりを挟んでいこう。今見えるものをしっかりと記憶に刻もう。

そうやって書いたのがこの本である。

こんな時間があったこと、こんな思いがあったことを、この本を手に取ってくださった、どなたかと共有できるならば幸せです。

目次

2月2日
とりあえず、箱を借りた。

今日、箱を借りた。それも二つ。

箱とはいわゆるイベント会場のことである。6月のものは100人、12月のものは200人のキャパシティ。お客さんが入るあてなどないし、スタッフもいない。決まっているのは、自分一人で舞台に立ち朗読をするということだけ。

周りには無鉄砲にもほどがあると言われたし、ついさっき、結構な金額を二つの会場に振り込んだときは、さすがの大博打に少し笑えた。

ずっと自分をシビアに評価してきた。低く見積もることで傷つかないようにしてきたのかもしれない。それでも、会社を出て独立することになってから、自分が想定していた以上の不安に直面した。

まだ日本の企業は〝辞める人間〟にそんなに寛容ではない。だから今までの仕事を外に持っていくことはできない。スタッフや番組を次々と失う恐怖。一人になり無力になっていく恐怖。そもそも自分の「読み」に値打ちなどない。自分が得体のしれないものになっていく不安に怯えた。

今まで人に承認されることで欲求を満たしてきた人間が一人になって誰にも相手にされなくなった時、もろさが露呈するのはわかっていた。そしてこういう弱さがこの先何度も襲ってくることも目に見えていた。

「私なんかが」という言葉を雨よけにして家に閉じこもることも簡単だった。


だから箱を借りた。

借りることでこの道を進むことを自分に覚悟させたかったのだ。


ある友人に「一人よがり」ともいえる朗読会のことを話すと、その人が好きだというイッセー尾形さんの話をしてくれた。「彼はずっと一人芝居を続けてきた。続けていればきっと気づいてくれる人がいるはず。あなたも読むことをやめないでほしい」と言ってくれた。

育児で仕事から離れた時、仕事に復帰し再スタートを切った時、あの時も毎日毎日何かを読み続けた。子供たちが寝た後、深夜に一人、新聞や小説、目につくものを声に出して読んだ。

不安だから読む、読んでも不安になる、その繰り返し。思うようなナレーションの仕事が入ってこなくても、私がすがったのは「読み続けている」という事実だった。

そしてこの時間は私に少しずつだが自信も与えてくれた。

今どきは希望の日程で会場を押さえようと思ったら、半年前か一年前の契約が普通だ。一年先の会場に投資すれば、その時点で私は読むことから逃れられなくなる。

フリーになって、うまくいかなくて、無力になったとしても、キャンセルのきかない舞台の日はやってくる。

こうやって、未来に、引くに引けない状況を作っていく。

覚悟は自分で作っていく。
背水の陣かもしれない。でも図らずもいい方法を見つけたとも思っている。

2月20日
それは、たまたま夫が読んでいた本だった。

子供たちも出て行きムダに広い郊外の一軒家。夫と私はいつもテレビ前に置かれたソファに二人でだらしなく座り、何の意味もない会話をしている。

少し太ったとかあの番組がどうとか。今日は何の話だったか、突然夫が大竹伸朗《おおたけしんろう》（現代アーティストらしい）の話をするので、「『あのねのね』の人ね」と言うと、「それは原田ノブローな」というところから、夫は自分がいかに〝伊代ちゃんと暮らすヒロミさんの気持ち〟がわかるかという話をグダグダとした。

何も話さずに1時間くらい二人でぼんやりとテレビを見続けることもある。「じゃあお爺さんはそろそろ寝ます」と言って寝室に上がる夫を見ながら、老夫婦みたいになったなと思ったりもする。

私たちは早くに結婚し、子供を授かった。ある時期、週の半分、夫婦別々に暮らしていたりもしたけれど、その時もとくに支障なく仲は良かった。

もちろん、恋人同士の時とは違う。でももし仮に、夫が他の人と逢瀬を重ねたとしても、あら大変そう、くらいの感情しかないし、いつか夫が年老いて先に亡くなったとしても、絶望を感じることも、哀しみに打ちひしがれることもない気がする。

私たちはそれぞれ、やりたいことも住みたい場所も異なっているから、この先違う時間を過ごすかもしれない。でも別れるという選択肢もない。

この先どちらかが死んで向こうの世界に先に行ったとしても、後から来た方に、「おう来たか」と微笑んで、また一緒にくだらない話を始めるだろう。

他人だった時代、恋人だった時代、同志だった時代を経て、50歳にして私たちはついに同化してしまった気さえするのだ。

いつものようにソファに座っていると、隣に座っている夫がヘミングウェイの『老人と海』を勧めてきた。ひどく感激したのだという。あまりに熱く語るので、しょうがないから夫に勧められるがままに何十年かぶりに読んでみた。

漁師であった老人が84日間の不漁が続いた後、沖に出る。海の上で孤軍奮闘し、骨だけになったカジキマグロを持って港に戻ってくるという話であった。読みながら、一人小さな船で沖に出ていき、誰もいない海でただひたすらカジキマグロと闘う老人の姿に、会社を離れ、フリーになってやっていく自分を重ねた。

後日、担当するポッドキャスト番組「OVER THE SUN」でその話をすると、『老人と海』で美香さんの船出にエールを送る旦那さん素敵ですね」「美香さんのことをしっかり見ているのですね」とリスナーさんから夫を褒めるコメントをたくさんいただいた。

が、いや、そんな奴ではない。

ただたまたま、彼が『老人と海』を読んでいて、ただたまたま、今の自分に『老人と海』が必要だっただけのことなのである。

そして私はいつも、彼が作るその偶然に助けられてきたのだ。


私たちは性格も違えば、考え方も違う。

でも一緒に時間を重ねた分、たまたま一緒ということがどんどん多くなってきた。

読む本、食べたい物、買ってくる夕食の材料、もの思うときのタイミング。なぜか一緒になる。

同化しているのだから当たり前のことなのかもしれない。

でもその二人の偶然が、今は心から愛おしいのである。

3月19日 今日ノースリーブの洋服を着た。

結局私は〝型にはまる〟ことが、ただただラクだったのだ。

「アナウンサー」である自分。

「母」である自分。

何かの枠でくくられた方が生きやすかった。

「こうあるべき」という定義がわからず、自由の中に放たれた大学時代は毎日目が回るようだったし、居心地が悪くて混乱していた。

だからアナウンサーや母になって、自分が想像し得るテンプレの通りに生きられることに心底ほっとした。

早々に模範演技を見つけて、それを真似ることは苦ではなかったし、用意された枠の中は居心地がよかった。そこに安住もしてきた。

娘が小学生のころ、「〇〇ちゃんママ」と呼ばれることへの窮屈さに世の中の誰かが気づき、母親同士で下の名前を呼ぶブームがあった。そのうち私も「〇〇ちゃんママ」でなく「美香さん」と呼ばれ始めた。

ある時期始まったこの「世直し」には、様々な意見があった。ただ私の場合は「美香さん」と呼ばれるたびに落ち着かなくて、宙に浮いた感じになった。

私たちの関係はあくまで子供が主役である。自分のアイデンティティをわかってもらおうなどとは思わない。皆と同じような紺色のセットアップや低めのヒールに身を包み、ただ母親然としていたかったのに、自分の名前を呼ばれることで、一律に配られた記号が取り上げられるようで収まりが悪かった。

会社ではアナウンサーとして周囲の目が安心する服を選んできた。

ニュースを伝える時に腕を出すなんて。大きなイヤリングはやめなさい。普段はあまり目立たないように。

入社当時に教わった服装を守ってさえいれば、誰かの目障りになることも咎《とが》められることもなかった。

肘が隠れる袖、パールのイヤリング、控えめな黒や白の服。周りが期待する自分の姿に準じた。そうやって模範とされる型にはまっていた方が高得点を叩き出せるような気がしたし、ちゃんと地に足もついていた。

そうして自由だった若い頃の自分を清算するように、型の中に自分を縛りつけた。

結果、私の洋服は黒と白、ベージュだらけになり、クローゼットの中身はどんどん体裁を整えていった。


なのに今日、ノースリーブを着た。


休日を利用して行われた撮影は、〝4月からフリーになる私が着る自由な服〟というテーマだった。

用意されていたのは、自分では絶対に選ばない、ノースリーブのニットや鮮やかなオレンジ色のジレ、そして足先を出したサンダル。

何年ぶりのノースリーブだろうか。人前で生腕を晒《さら》すのも落ち着かなかった。カラフルな色も個性的なデザインも、無秩序の中に放り込まれるようで、私はずっと皆の前であたふたしていた。

帰り際、スタッフの方に「堀井さんノースリーブ似合いますね。いつも着てるんですか？」と声をかけられた。

最大級の気遣いコメントであることは知っている。でもその一言を聞いた時、周りからノースリーブを着ることを許されたような気がした。

なんだか力が抜けて、自分を守ってきた鎧を脱いでみようかなと、少しだけ思った。

こうやって盤石だった枠を自分で捨て始めている。紺のセットアップや白のブラウスだけでは成立しない世界に出て行く。型など用意されていない場所。また得体の知れない自分に戻ってしまうかもしれない場所。

本当に私は大丈夫だろうか。紺のワンピースに着替えた帰り道、私はまだまだ心もとなかった。

3月28日
同期の桜。

2022年3月の東京は、まだまん延防止等重点措置の真っただ中にあり、大人数での会食は許されない時期であった。だから3月31日の退社の日まで、送別会というものもなく、連絡を取り合った人たちと静かにランチを重ねた。

女性の先輩は大きくなったお子さんの写真を見せてくれた。私は先輩が闘ってきた時間を想像して、勝手に泣いてしまった。先輩は「なんで美香ちゃんが泣くのよ」と微笑んで「自分には仕事があってよかった。会社は私にとって夫みたいなものだから最後まで添い遂げるよ」と言った。

同期の男子とは誰々が病気をしたとか、あいつがあの部署にいるとか、いかにも同期っぽい話をした。「堀井はアナウンススキルがあるから強いよな」と言うので、「君だっていろんなことできるじゃん」と返すと、「まあな。でも会社は辞めないよ」と笑っていた。二人で時間まで、お爺さんお婆さんになった時の社友会のプランなんかを、とりとめもなく話した。

新人の頃お世話になったプロデューサーとは、初めてランチをした。音楽に詳しくて洗練されていて、私の憧れの先輩の一人だ。今はテレビの現場から離れ、非現場と言われる管理部門にいる。「うちの会社はおっとりしてて、意地の悪い奴とかいないだろ。だからTBSが好きでさ。嘱託《しょくたく》も使って65歳までここにいるつもりだからまた誘ってよ」と幸せそうに言った。

こうやって何度か誰かと会っては昔話をゆるゆると続け、年をとった自分たちの節目を互いに確認した。

私たちは、もうなんとなくの終点が見えている。会社員として敷かれたレールの上でゴールに向かうことに悔いもない。華やかな時代の自分とは違うと自分を納得させて、会社のこと、後輩のことに目を向ける。サポートやマネジメントをしながら自分の在り方を問い、しんどくなることもある。でもそんな自分に慣れればいいし、それが嫌ならば腹をくくって組織の在り方を変えればいい。そのチャンスも未来もくれる会社であった。残された時間を企業人としてモデルチェンジしていくこともやぶさかではなかった。

なのに私はそのレールから降りた。そこに留まって努力することをやめた。

3月28日。同期の小川知子さんと、二人きりで送別会をした。彼女は私と違い、アナウンサーの職を退き、部長としての道を選んだ。

かけがえのないアナウンサーの仕事を辞めるまでの葛藤はどれだけのものだったか。でも二人ともそんな話は飲み込んで、懐かしい話を続けた。

彼女と初めて会ったのは入社試験の時だ。ショートカットが涼しげで、笑顔がメグ・ライアンみたいだと思った。

試験中、皆が外にランチに行くなか、彼女はギプスをしていて外に行けず、私は当時一緒に暮らしていた妹に作ったついでのお弁当を持ってきていて、二人で一緒にお弁当を食べた。初めてたくさん話をした。優しい人だなと思った。

出張で甲子園のリポートに行き、何日か一緒にコインランドリーに通ったこともあった。夕暮れ時、コインランドリーの前にしゃがみ込み、暖かい空気の中で夢を語ったりもした。

それから私も結婚し、彼女も忙しかったりで、一緒にいる時間は少なかったけれど、27年間、同期のアナウンサーとして程よい距離感でそばにいてくれたのが、彼女だった。

彼女は会った時からいつもかっこよかった。ラルフローレンとかサラッと着こなす。私がいくら努力しても届かない、光をもった人だった。

「堀井はなんでも新しいことを形にして凄いよ」と言うので、「留まってやり続けることの方が偉大だよ。凄いのはいつだってあなたの方だったよ」と言いたかったが、何を言っても薄っぺらくなりそうでやめた。

私が会社を出るために騒がしく動き回る間も、小川は部長としての業務を粛々《しゅくしゅく》と続けていた。「仕事大変じゃない？」と聞くと、「まだまだやらなきゃいけないことがたくさんあるんだ。それに三人の子供たちに働く姿を見せたいし」と言った。やっぱりこの人はかっこいいなと思った。

50歳を過ぎた私たちは、たくさんの経験をしてたくさんのことを考えてきた。
働くことの意味、生きることの意味も、人それぞれだ。誰も何も咎められるものではない。

帰る方向が違うのに、小川は夜桜を見ようよと言ってわざわざ遠回りをしてくれた。そこは私が大学時代、毎日通った桜並木だった。あの時はこんなかっこいい同期に会えるとは思っていなかった。

27年間一緒だった同期と、50歳になった自分。

私たちの行く道に降り注ぐ夜桜は、見事に満開だった。

3月31日
退社の日、会社から外に出た。

テレビやラジオには改編（4月、10月で番組の編成が変わる）というものがある。長寿番組の最終回などは、花束贈呈があったり、出演者が挨拶をして涙したりもする。

私もこのエモーショナルな時間を幾度となく体験してきたが、薄情なのか一度も泣いたことがない。

始まりがあれば終わりがある。ずっと月の満ち欠けと一緒だと思ってきた。

3月31日退社の日、TBSアナウンサーとして仕事をするのは最後の日だったが、朝からラジオの生放送とNスタのナレーションをいつもと同じようにこなした。

合間合間にいろんな人たちが花束やプレゼントを持って声をかけにきてくれて感慨

深くもなったが、普通の一日であろうと努めた。

前日には安住紳一郎アナウンサーから「明日最後の日ですよね、帰りに写真でも撮りませんか」とラインがあった。

彼とはアナウンスセンターの席が隣だった。土日の誰もいないアナウンスセンターで一緒になることも多く、いろいろな話をしてきた。

私の子供の話とか、いわゆる恋愛話とか。

私が落ち込んでいる時は、悪い気が憑いているとか言ってお清めの塩を振りまいてくれたりもした。

仲良くしてくれたのは、彼と同じく私が地方出身とか、浪人してるとか、這い上がってきた者特有の、暗い影を嗅ぎつけたからだと思う。

でも彼がいてくれてよかった。私の会社生活での楽しみが2割増しくらいになったから。


いわゆる天才で努力家。よく取材で彼のことを聞かれると、安住紳一郎を超えるアナウンサーは今後出てこないと断言したりする。

その進行は空間の輪郭をしっかりと描き、その言葉はルールに則りながらも決して凡庸ではない。アナウンサーに求められるすべてのことを鮮やかにやってのける。彼がアナウンサー人生を閉じた時、アナウンサーという職業はなくなるのではないかとさえ思っている。私の2年後輩だが、彼からもっと学びたかった。

最終日はなるべく目立たぬように会社を出ようと思っていたが、彼と一枚写真を撮ることはいつかの追憶になるのではないかと思って応じた。

最後の仕事を終え、もらったプレゼントの袋を両手に抱えて、安住君との待ち合わせ場所の正面玄関におりた。

彼の姿は見当たらなかった。「どこにいるの?」とラインをすると、正面玄関を出たところの広場に来てくださいと言う。そこは会社の前にある、芝生が敷かれた大きなイベントスペースだ。明るい正面玄関を出るともう日は暮れていて、広場の奥は暗闇で何も見えない。重い荷物を抱えて一歩一歩進んだ。

遠く暗闇の先から「堀井さーん!」と歓声が聞こえてくる。だんだんだんだん岩みたいなかたまりがぼんやり浮かんできて、20人くらいの集団がこちらに向かって手を振ったりジャンプしたりしているのが見えた。

安住君が引率の先生みたいに立っていて、その後ろにたくさんの後輩たちが集まってくれていた。


その光景に気づいた時、うっかり泣いてしまいそうになって、慌てて自分でスマホのカメラを回した。カメラ越しじゃないと、一人一人の顔が見られなかった。

時間はもう夜の6時を過ぎているのに、早朝番組担当の子も、今日がお休みの子もいる。私のために無理に出勤してきたのではないか。残業時間はつくのだろうか。数秒前会社の玄関を出た瞬間に、もう会社員でも管理職でもなくなっているのに、今更そんな心配をしてしまう。

皆が言葉をかけてくれて、写真を撮ったり、手でトンネルを作って送ってくれたり、別れを惜しむ短い時間にも、早くこの子たちを帰らせて休ませないと、そんなことばかり考えていた。

みんな可愛い後輩たちだ。それぞれの事情もわかっている。思うような仕事につけずに悩んだり、同僚の活躍を見て焦ったりすることもある。

ＴＢＳアナウンスセンターという教室の中には、最前列で光が当たる席もあれば、目立たない席もある。そして改編という席替えのたびに誰もが一喜一憂したりもする。でもいつかわかる。どの席に座っていても自分がアナウンサーとして何を伝えるか、人として何をするかが大事だということを。だからどの席に座っても大丈夫なのだ。安住紳一郎という最高の教師と、ＴＢＳという最高のチームの中で、成長していく後輩たちの姿がまぶしかった。そして、彼らを守るように後ろに聳《そび》える、我がＴＢＳ社屋の毅然とした姿に少し後ろ髪を引かれた。

27年間乗り続けた満員電車の帰り道、「終わっても始まる。場所が変わっても、また明日から普通の１日１日を弛《たゆ》みなく進めばそれでいいのだ」と自分に念じた。

何日かして、今度はＴＢＳを辞めた元アナウンサーの後輩たちが集まってくれた。すでにＴＢＳという教室を飛び出してしまって、一匹狼で戦っている不良たちだ。事業を立ち上げて成功させている子、ラジオパーソナリティとして他局の顔になっている子、モデルとして同年代の憧れになっている子、大変な夫の仕事をフォローしながらアナウンサーとしての仕事を続けている子、そして今やドラマや雑誌で見ない日はないほど売れっ子になった子。活動の場は多岐にわたる。

一人が「私たちアベンジャーズみたいですね」と言った。

いったん外に出てしまえば、すべては自分の責任だ。誰かが席を用意してくれることもない。戦って勝っても、時に返り血を浴びたりもする。そうやってどんどん屈強になっていく。

だが、その胆力はすべてTBSで身につけたものだ。私たちは「型」が身についているから戦えるのだ。そしてその型を自ら鍛え上げ、皆、会社にいた頃よりも強く前を向いていた。

会社に残る者、会社を出る者。戦う場所も戦い方も違う。でも私たちは、いつだって自分たちがアナウンサーであることを忘れることはないのである。

4月2日
温かい蕎麦に泣いた。

最近では手の込んだ料理を作ることも滅多になくなり、お菓子ですませてしまう日も多い。

子供たちが独り立ちして食卓を囲むことがなくなったこと、夫がメキメキと料理の腕を上げ、好んで台所に立っていること、そういった需給のバランスで、私があくせくこしらえる必要がなくなったわけだ。

人生で作る料理の数は決まっていて、私が子育て中に作り続けた料理の数はすでに上限を超えている、という自分の勝手な説も後押しして、料理から離れている今の自分にとくに罪悪感もない。

小さい頃、秋田県男鹿市《おがし》という場所で育った。海と山に囲まれた半島だ。当時、母は海沿いの小さな保育園で働いていて、よく海藻を採ったり、もらったりしてきた。ワカメやめかぶ、秋田では有名な、ぎばさという海藻などだ。

母が台所で下処理をし、熱湯でゆであげると、茶色の海藻は一瞬にして鮮やかな緑色に変わる。包丁でたたくと今度はネバネバとろとろになっていく。それを熱々のご飯の上に乗せて、ご飯と一緒にめかぶやぎばさをドロドロっと喉の奥に流し込むのだ。

山菜の時期がくると山菜採りにも連れて行ってもらった。蕨《わらび》や筍がたくさん採れた。蕨は茹でてお醤油と鰹節をかけておひたしにし、筍は甘辛く煮付け、きんぴらのようにした。採れたてだから、シャキシャキとしていて香りがしっかり立って美味しかった。あの時の採れたてのめかぶや蕨はもう食べられない。どれだけ贅沢な食事だったのか、今となってはわかる。

旬の時期になると同じおかずが毎日続いた。毎日毎日めかぶとご飯。毎日毎日蕨のおひたしとご飯。あとは煮魚とか茹で野菜とかジャガイモのお味噌汁とかの、基本一汁一菜か二菜。子供が好きそうなハンバーグやスパゲッティが食卓に上ることは少なかったが、何の不満もなかった。地味な食事は当たり前のことだったから。

お金のない大学時代は、100円で買った瓶入りのなめ茸をご飯にかけて食べたり、うどんに安い天かすを乗せて凌《しの》いだ。どちらも安くてそこそこ美味しかったから、やっぱりそれで十分だった。

そうやって食事の時間を過ごしてきた私は、贅沢な食事に憧れたこともないし、食への探究心も非常に乏しい。

それでも子育ての間は料理のギアをトップに入れた。子供たちが喜ぶもの、手作りのもの、もちろん栄養も考えて、食事やお弁当を用意した。慣れないケーキ作りもしたし、キャラ弁にも挑んだ。

食卓に並ぶ手作り料理の達成感でお腹を満たしながら、20年ほどの間、日々の料理を大切にという美徳もちゃんと守ってきた。

だから、お役御免になったとたん、元の自分に戻ってしまったのだ。

食にとくにコダワリのない自分。

放っておいたら一日クッキーを食べて終わってしまう自分。

知人と囲む食事も、たまに集合する家族での食卓も、楽しいし幸せだ。ただ一人になると途端に無欲になってしまう。とくに食べなくてもいいかなという気持ちが働いてしまう。

人にとって、食事の意味はいろいろだ。人と人とを繋ぐもの、規則的に栄養をとるためのもの、新しい刺激を見つけるためのもの。

でも子育てを終えた自分はきっと、食事の意味がわからなくなっていたのだと思う。

小田急線沿線には「箱根そば」という駅そば店がある。いつも頼むのは、めかぶそば。少し濃いめのつゆとちょうどよい茹で加減の素朴な蕎麦、上にはたっぷりの天かすと半熟の卵、そしてとろとろのめかぶが乗っている。

今日、そのお蕎麦を食べながら、なぜか泣いた。いや、泣きじゃくった。

体に染み込んでいくつゆも、丼を包み込む両手も、すべてが温かった。

アクリル板に挟まれた肩幅くらいの場所は、洞穴《ほらあな》のようで、蕎麦をすする音は自分にだけ響いた。

最近、気持ちの揺れは確かに激しかったが、ストレスを抱えていたわけでもない。ただただ、温かいお蕎麦が美味しくて、泣けたのだ。

小さい頃、家族で毎日のように食べていたかぶの香りとか、大学時代一人ですすったうどんの天かすの溶け具合とか、その味までフラッシュバックしてきた。

感情が高ぶって、ティッシュで鼻をかみながら嗚咽に近い声を出す50女に、両隣のサラリーマンが驚いているのは気がついたが、涙は止まらなかった。

泣きながら、温かいお蕎麦をすすり続けた。

ほぼ食べ終わった頃、ふと、前のガラスに映る自分の姿に気がついた。べそをかいた子供みたいだ。泣きはらした後の顔を見つめながら、「おいしかった」としっかりと言葉に出して、大きく息を吐いた。

自分の心がほどけていくのがわかった。

雑念を払い、我をも忘れ、ただただ無心でお箸を持つ手を動かす。ああこれは最高の自己解放プログラムだ、と思った。

一人飯が最高の自己解放の時間と気づいてからは、隙あらば一人飯をする。若い頃は絶対に無理だった、一人ラーメンとか、一人焼肉とか、慣れればなんでもない。〝鳥貴族〟にもフレンチのフルコースにも一人で行ってみたい。

今までのように、お菓子ですます日もあるし、これからも料理はやっぱり……あまりしないと思う。

でも一人飯という楽しみができた。一人街を歩きながら今度はどこに入ろうか考えたりもする。

ここにきて食事というものに、不意に興味が湧いてきている。

4月4日
ヒールを履き続けるわけ。

母は身長が160センチほどあって、当時としては大きかったのか、嫌な思いもしたらしい。女は小柄な方がいいとよく言っていた。幼かった私はその呪文をスポンジのように吸い取って、背が伸びないようにと神様に願った。

バレー部に所属していた中学時代はアタックやサーブもそこそこに、あまり体を伸ばさないように努めたりもした。なんといういじらしさ。

それが大学進学で上京し、私の志向は変わってしまった。

世はバブルの終わり頃。W浅野とか今井美樹さんを真似た豪傑なお姉さんたちがたくさんいる場所に放り込まれた。ピンヒールに肩パッド、皆、毅然としててナイスガイだった。

自信がある人を見続けていると、それが当たり前になり、いつしか正義にもなる。大きくて何が悪いのか。視線は人より上がいい。スポンジどころか、乾いた大地に恵みの雨が染み込むように、心の中が潤っていった。

初代「チャーリーズ・エンジェル」のケイト・ジャクソンやファラ・フォーセット、長身でフランスのファッションアイコンだったジェーン・バーキンの存在を知ったのもちょうどその頃だった。彼女たちはピンヒールをエレガントに履きこなして敵を倒したり、高いヒールのロングブーツを履いて自分より背が低くなった恋人の肩に手をかけて微笑んだり、ハイヒールを心ゆくまで楽しんでいた。

だから大学生になって初めて履いたハイヒールは最高だった。今までモタモタしていた足の後ろの筋がしっかり伸びた。腹にしっかり力も入った。上を向いて歩ける気もした。

それから30年間、子育ての時も仕事の時も、ずっとヒールを履いている。

男性の上司に、「お前に関して褒めるところはないが、ただ一つ褒めるならば、いつもちゃんとした洋服と、ちゃんとしたヒールがある靴を履いているところだ」と言われたことがある。

完全に理論が破綻しているが、とくに腹が立った覚えもない。最初からヒールは誰のものでもなく、自分のためのものだったから。身長も女性性も体裁も関係ない。ましてヒールを好む女は自意識が高いなんていう俗信に興味もない。誰に媚びてるわけでもない。ヒールを履くことが自己解放。緊張感か高揚感か、とにかく背筋が伸びる自分が好きなのだ。

仕事の時間が許せば8センチヒールとか10センチヒールで渋谷から六本木まで1時間近く歩いて移動したりもする。

ヒールを愛することで有名なSATCのキャリー役のサラ・ジェシカ・パーカーが、一日中撮影でピンヒールを履いていてもまったく嫌じゃないと語っていたけれど、私も同じ。

靴が足に吸いついている感覚。内腿とか膝の裏がちゃんと伸びてる感じ。我ながらなかなかのヒール捌《さば》きで気持ちも軽くなっていく。

そして時々ヒールで闊歩する自分をショーウインドーで見つけると、最高に胸が高鳴る。あと10年、いや20年は、ハイヒールを思う存分楽しみたい。

4月15日
実像・美容のこと。

私たちは自分ごとで使えるお金に制限があるから、美容やファッションに関しては、優先順位がある。化粧品、エステ、洋服、出費の重きは人それぞれだと思う。

私の場合だが……まず、お化粧に関しては無頓着。

知られた話ではあるが、ファンデーションも仕事でいただいたサンプルなどを使っている。自分の肌の色に合わないものであっても、とくに気にしない。化粧はだいたい適当で5分もあれば完成するから、未だにお化粧のちゃんとしたやり方もわからない。

クレンジングや化粧水も、コンビニやドラッグストアのもの。化粧水はつけない日の方が多いから、肌は乾燥している。高いクリームなどは使っていないが、毎日のナレーションで口周りの運動をサボることはないから、ほうれい線などのシワは少ない。だからお化粧周りの出費はほぼない。まあそんな感じ。

エステは、27年同じところに通っている。2年行かなかったり、3カ月に一回だったり、仕事のために短期集中して行ったり、ムラはある。

体育会系のエステで、癒しを求めた贅沢な個室もなく、野戦病院みたいなベッドでの施術だから、お値段もそんなに高くない。でもサウナ30分、EMS（筋肉に電気で刺激を与えるもの）30分、リンパ流し10分で、一度行くだけでむくみが取れてスッキリする。代謝がいい日には1キロくらい落ちたりもする。

そのおかげか出産や子育てで増減はあったものの、体重は若い頃と変わらない。

洋服は、あまり買わない。

アナウンサーらしい洋服、同じスタイルのものを制服のようにそろえてきたから、寄り道することもなく、ムダ遣いすることもなかった。わりとものを丁寧に使うからもの持ちもよくて、同じ服を何シーズンにもわたって普通に着る。一度、後輩とスカートがかぶったことがあり、「気にせずどんどん着ていきましょう！」と話したが、結局後輩はすぐに着るのをやめて、私だけが何年も着ていた。

アンテプリマの5万円くらいのバッグは、もう15年くらい使っている。知人に「それ、おばあちゃんの形見？」と言われるほど毎日持っているので、体に吸い付くかのように私にしっくり馴染んでいる。これからもワイヤーが切れるまで丁寧に使い続けようと思っているから、アンテプリマに表彰される日が訪れるかもしれない。

そんなわけで、洋服なんてこの仕事をしていなければ毎日ジャージでいいくらいだ。ただ職業柄、一回しか着ないスーツやワンピースをそろえたり、日常では履かないキラキラの靴をそろえたりはある。仕事によってはハイブランドの洋服を買わなくてはならず不本意な出費も確かにある。

しかし、そうした出費以外で、一番私財を投じているのが、髪、である。ちゃんとした理由もないが、ある時なぜか、髪だけはちゃんとしようと心に誓ったのだ。申し訳ないがそういうことなので、髪のケアへの散財は大目にみてほしい。

例えば月に一度や二度、必ずお店でトリートメントをする。M3Dというトリートメントとか美髪チャージ・サイエンスアクアとか、髪に良さげなトリートメントをしてトゥルットゥルの髪にするのが喜び。ネットをのぞくと、それぞれのトリートメント効果に賛否両論あるが、毎日200度という高い温度でコテを使う私には必要だし、今のところ周りの評判もよい。

「トリートメントの後は、しばらくの間なるべくシャンプーは避けてください」と言われるので、頑張って2日くらい髪を洗わないこともある。いや3日かも。

ずっと言い続けているが、「チャーリーズ・エンジェル」のファラ・フォーセットのレイヤーロングに憧れて30年がたった。

「熱中時代」の志穂美悦子さん、「金八先生」の吉行和子さんや名取裕子さん、「金曜日の妻たちへ」の佐藤友美さんも素敵だ。全員がそろって美髪。あの時代の女優さんたちはどうしてこうも髪にボリュームがあり、艶めいているのか。あまりシャンプーをしなかったということか？　物語そっちのけで、髪ばかり見ている。

自制できない悩みも増えてきた。白髪は2カ月に1回、白髪染めをする。私より少し上の先輩でグレーヘアに踏み切った方々もいるが、そんな度胸は毛頭ない。35年一緒の分け目は禿げてきているし、全体的に薄毛も目立ってきた。

美容に詳しい30代半ばの後輩に、「私は薄毛が気になって育毛注射してますよ。堀井さんも一緒にやりましょうよ」と言われたが、頭に注射をするのだと聞き恐れおの

のいた。ただここもいつかはきっと踏み越えていくであろう。

そうやって美髪を妨げる老いに、醜いくらいに抗っている自分も見える。


ヘアケアはこれから日増しに大変になっていくだろうが、年老いていく自分としっかり渡り合っていこう。

なぜ髪にこだわるかもわからないし、もはやどこまでこの気持ちを持ち続けられるのかもわからない、この道は真理を求める求道のようにも思えてくる。

老人ホームも素敵な美容室の近くで探そう。

「おばあちゃん、昔から髪だけはちゃんとしてたのよ」と言って、棺の中に入る前にはできればセットもしてほしい。

髪への尽きせぬ想いだ。

5月12日～20日
実録・初めてのファスティングもどきのこと。

会社員時代、とくに子育てを終えて仕事にシフトしてからは、盆正月でもあまり休みをとらなかった。ゴールデンウィーク中も至極当然のようにレギュラーの仕事があったし、放送で「世の中お休みみたいですが私たちは……」と口にするのがお約束だった。

そうしてフリーになってやってきた初めてのゴールデンウィーク。何年かぶりの休み。瀬戸内と山梨に出かけた。

で、暴飲暴食。

まず、瀬戸内で、尾道ラーメン（ラードたっぷりチャーハン付き）、あなご飯、お好み焼き。

山梨に移動し、今度は美味しいパンやカヌレ、バーベキューで焼かれたものを一日中食べ続ける。女子高生の姪っ子が作ってくれたスモア（焼いたマシュマロとチョコレートをビスケットでサンドするというカロリーおばけの食べ物）も年甲斐もなく食べ続ける。

結果、ゴールデンウィーク中に体重プラス2キロ。

その後もホレンディッシェ・カカオシュトゥーベのバウムクーヘンをたまたまいただき一人で食べ切ったり、六本木でシナボンのお店の前をたまたま通りがかり、爆買いしたりの不運が続き、翌週には簡単に合計3キロ増に。なんともおめでたい。

実は翌週、あのオシャレ雑誌『STORY』さんのカラーぶち抜き4ページで私の特集という恐ろしい撮影がある。絵コンテを確認するかぎり、さまざまなデザインの服を着て微笑む自分がいる。これは今の自分にはとうてい難しい。

しかし人は、痩せなくてはと思うほどストレスで逆に食べてしまうものだ。この時点で自律神経の乱れは最高潮に。帰宅途中コンビニで買ったスナック菓子、ベビースターラーメンとエリーゼを平らげて就寝。無念（撮影まであと6日）。

5月13日朝、体が重い。

撮影の日は刻々と迫ってきている。

突然、前から興味はあったが会社員時代にはできなかったファスティングを決意。ネットで調べると、一般的なやり方として、前2日の準備食、中3日の断食、後2日の回復食。そして期間中は1日に水2リットルと酵素ドリンクを飲むらしいということがわかった。

正式なものは、ちゃんとした施設で事前に体をチェックしたり、アドバイザーと一緒に進めたりと準備が必要らしいが、私にはもう時間がない。

その時、尾道でなぜか購入していた、万田酵素が目に入った。

ああ、酵素がここに。これは万田酵素も後押ししてくれているということか。

奇跡的な出来事に感動し、見切り発車。一応、酵素ドリンクもネットで注文（撮影まであと5日）。

5月14日、記念すべき初めてのファスティング1日目。体重は54・0キロ。自分のベスト体重は51キロくらいなので、やはり3キロ増えてのスタート。

普通は決められた食品のみを摂る準備期間が2日間あるらしいが、何しろ時間がない。いきなり食べないという強硬手段、断食に入ることにする。

会社員時代、忙しい時には、夜まで食事を忘れて働いたこともある。まあ、1日断食などは楽勝だろう。

朝から夫がラーメンを作ってくれて、「豚骨と醤油、どちらがいい?」と聞かれるが果敢に無視。今日から断食するから断るというと、じゃあ俺が二つ食べるねと笑っている。全然信用していない。

午前も午後もずっと水、水。大概お腹がすいてきた。

17時頃、義理の弟が遊びに来る。それも妹の作ったよだれ鶏をもって。夫と義弟の二人は仲がよく、宴が長い。ここからずっと〝飲んで食べて〟が始まる。私は耐えられるのだろうか。

妹のよだれ鶏は絶品だ。「花椒がきいてて最高だな」「うまい!」と盛り上がる男たち。「こんなのカロリーゼロだからさ、食べても大丈夫だよ」と夫が言う。そんなことあるか。

食卓にはよだれ鶏、ピザ、夫が作ったお好み焼き、あさりの佃煮とか、キムチらっきょうとかその他いろいろ。

夫がおもむろに、ホットプレートでハラミを焼き始める。溢れるハラミの甘辛い匂い。

義理の弟が「姉さん！　ハラミはたんぱく質だから食べても大丈夫ですよ」と言う。弟よ。君はたまにいいことを言う。ファスティングにはたんぱく質というくくりがあった。準備食にたんぱく質をとり入れている人もいた。ならば今日は準備食の日ということにしよう。ハラミ1枚なら大丈夫。

で、ハラミ食べる。タレが憎いほどに染み渡って柔らかくて、美味しい。もちろん、よだれ鶏も夢中になって食べる。なんだろう、タレにピーナッツみたいなのも入ってる。「これを食べないなんて一生後悔するよね」と言いながら食べる。

何かがプツンと切れてしまった17時30分。その後2時間ぐらい、気を失うほどに食べ続けた。

あえなく1日目の断食は、思わぬ不正スタートとなり、終了（撮影まであと4日）。

5月15日、ファスティングもどきを仕切り直し、なぜか昨日のことは無かったことにしての再度スタートの1日目。

昨日の集中食いで体重は減るはずなどなく、54・0キロでまったく同じ。そりゃそうだ。

今日は本当に断食をする、と思いながらなぜか起きがけ冷蔵庫から牛乳を取り出しグラスで一杯飲んでしまった。悔しい。

夫は日曜に料理を楽しむ。書斎でこのエッセイを書いている私に、ザーサイキムチをトッピングした冷奴、とんぺい焼き、昨日の残りのハラミ焼き肉、などをいちいち見せにくる。

私の意志は固い。絶対に食べない。

が、ハラミを2枚だけもらう。

昨日も今日もハラミは美味しい。

しかしなんとか1日乗り切った。

水、水、水、ハラミ2枚と水。夜、万田酵素をちゅるりと口にする。甘みが口に広がり生き返る（撮影まであと3日）。

5月16日、ファスティング2日目。なんと体重53・0キロ。

昨日1日の断食でぴったり1キロ落ちている。

朝に一杯の酵素ドリンクを飲む。それからまた水、水。

昼頃お腹がすきすぎて、ついに〝いりこ出汁〟の粉末に手を出す。空腹すぎると人はおかしな行動をとってしまうものなのか、猫のように何度も舐める。

この後は仕事だ。よかった。気持ちがまぎれる。六本木↓赤坂↓麻布十番と移動して3本のナレーション。ブースに置かれている500ミリリットルの水を各場所で飲み干して次に向かう。

移動は雨の中を歩いた。隙間時間にカフェで休めないのが絶望的。

仕事があり、渋谷のヒカリエとスクランブルスクエアの食べ物で溢れかえる食品フロアーを激通。その気になれば食べられるはずのものが食べられないのは本当に悲しい。お腹も減って、テンション惨落《さんらく》。何を食べようかと考え、浮き立つことが、どんなに尊いことかを思い知る。

今や家に帰って、あの、いりこの粉末を舐めることだけが楽しみ（撮影まであと2日）。

5月17日。ファスティング3日目。体重52・5キロ。

昨日は結構頑張ったのに500グラムしか減っていない。原因はいりこの粉末としか思えない。太るのか、いりこ粉末……。

朝に一杯の酵素ドリンク。そしてまた水、水。ここまでくると、期待しても手に入らないことを学習し、美味しそうなものを見ても無欲。何かを食べたいという望みすら放棄し始める。お腹も減らない。否定され続け、絶望し、どんどん夢なき人になっていく気持ちがわかる。

夕方から収録があり、たくさんお菓子の差し入れがあったが、今日は一つも口にする気がしない。若者に振る舞い、食べた気分になる。それだけで満足。

夜23時帰宅。疲れた。本当に今日は水と酵素ドリンクだけで生き延びた（撮影まであと1日）。

5月18日　撮影当日。体重52・3キロ。

昨日は酵素ドリンクと水だけだったのに、なぜか200グラムしか減っていないという不思議。

しかし私はやりきった。3日間のファスティングもどきで1・7キロ減。

運動もしていないので引き締まってはいないが、お腹はペチャンコで、体も軽い。

そして、顔が一回り小さくなった（気がする）。肌もいつもより少し状態がいい（気がする）。

回復食の定番メニュー、大根スープが作れなかったので、今日はこのあと撮影が終わったらどこかで、柔らかいおだしのスープを飲もう……。

なのに、撮影現場で美味しいおにぎりを渡され、なぜか食べる。

胃に負担がかかるからまずはスープから、という話なのに、スタッフさんに「ここのおにぎり最高ですよ」などと勧められ、鏡に映る自分に「もういいよね、食べて」と確認した。

生姜の効いた鯖のほぐし身が入ったおむすび。米を食べるのは何日ぶりか。ご飯一粒ずつちゃんと味がする。メイクさんに髪を整えてもらう間、美味しい美味しいと連呼した。脳がはっきりしてくる。

撮影後、次の仕事までカフェでアーモンドホットミルク、次の合間にサーモンとアボカドのサラダ（フランスパンつき）と、容赦なく固形物を入れ込むが、回復食とはなんぞやというくらい私の体に異常はない。自分の胃の強さを実感。

帰ってからも、いただいたお菓子の賞味期限が切れるのが心配で、フィナンシェ、クッキーなどを立て続けに食べて就寝。回復食どころか暴食の1日。

5月19日　体重52・4キロ。

昨日はあんなに食べたのに、100グラムしか増えていないという摩訶不思議。本当に体というものはルール通りにはいかない。

朝、一杯の牛乳と、ヨーグルト、オレンジを食べて出かける。

日中は忙しすぎてご飯の時間がなかった。

仕事場から仕事場を渡り歩き、朗読会の練習もあって、4時間スタジオでかなりの声を出したりもした。疲れた。

会社員時代はよくあったことだが、結局朝から24時に帰宅するまで何も食べられなかった。倒れ込むように就寝。

5月20日。驚きの体重51・3キロ。

一日で一気に1・3キロも落ちるという脅威の結果。あれ？　当たり前か。昨日全然食べてないし。

にしても、自分の体重の増減が自由すぎる。

ファスティングもどき開始から5日間で計2・9キロ減。終わってから追い上げるとは思わなかった。今日も、明日も、明後日も会食なので、とりあえずここで一度終了。

無茶苦茶な挑戦ではあったが、いやはや食べ物に対して、これほど喜怒哀楽の感情が入り乱れたことはなかった。そして初めてのファスティングもどきは意外にも学びがあって楽しかった。また折をみてやってみてもいいかもしれない。

5月22日
車遍歴まとめ。

普通自動車免許は22歳の時に取って、それからずっと車に乗っている。郊外で暮らし、子育てや生活に車移動は必須だったし、運転はストレス解消にもなった。首都高のジャンクションや都心の道も大丈夫だし、何より遠出も好きなので1年で1万キロ以上は運転する。

最初に買ったのはマツダのフェスティバ。結婚してすぐ、夫とお金を出し合って買った。定かではないが、中古で激安の20万円ほどだったと思う。ボロ車だったけどいい車だった。

妊娠中の気晴らしのドライブとか、初めて我が子を乗せての伊豆旅行とか、初めてづくしだったし、そのうちどんどん愛着もわいて、この車が息絶えるまで乗り続けようと思ったぐらいだ。
でも年のせいか少しずつヘソを曲げることがでてきて、しょうがなく買い換えを決意した。

夫はその間に78年製の外国車のこれまた中古を購入し、そちらに夢中になったため（夫はそれ以降その車一筋、エアコンも壊れていたり、ドアの閉まりが悪かったり、それでも手入れを怠らず、のちのちメーカーから表彰されることになる）、夫婦別々での車所有となった。だからそれ以降、あくまで自分が乗る車として、買い換え時の車種選択権はずっと私にある。

2台目は、買い換えを考えていた時、ちょうど近所のアパートに娘と同い年の子がいるご家族が越してきて、ママがとっても優しい人で、パパはトヨタの営業マンだった。何かのお役に立てればと思い、親つながりでトヨタ車をそのご主人から購入。

3台目は、アクエリアスブルーに一目惚れした、ワーゲンビートルのカブリオレ。コロンと丸いビートルの狭い後部座席に、まだ小さい子供たちがすっぽりおさまる様も可愛かった。
息子の少年野球時代、グラウンドの脇に停めたビートルのボンネットに球が見事に落ちてきて（それも二度も）、ママたちと青くなったのもいい思い出。
さすがに田舎に旅行にでかけたときくらいしか開けられなかったけど、オープンカー仕様の時は子供たちも大はしゃぎだった。
4台目はジープ。それも相当イカついジープ。子供たちの体も、もうすっかり大きくなっていたので、広々とした室内のものに変えた。

根津や代々木上原の住宅街で小回りできず焦ったことは数知れず。強面の巨漢で、大排気量。〝ヤン車〟呼ばわりもされたけど、実家の秋田とか、長野とか、広島とか、高速移動も心地よく走らせてくれる良き相棒だった。

ガソリンもガンガンついであげた。


そして、現在の5台目、満を持しての電気自動車である。

去年1年間、TBSラジオで「スナックSDGs」という番組を担当した。環境、差別、働き方など専門家を迎えてSDGsに関する問題を学んできた。その学びは自分にも相当の意識の変革を起こした。

何年か前から生活自体をコンパクトにしている。断捨離もしているし、家の電気はUPDATERさんの再生可能エネルギー。故郷秋田の風力から作られた電気を使っている。

まだ世間の評価は分かれるが、それでもCO2削減のため、車もガソリン車から乗り換えるのにいいタイミングかもしれない。

そんな思いで、我が家にむかえた電気自動車だった。

しかしこれが結構手間がかかる。わずかな時間でさえ自由にならなかった子育て時代には、扱えなかっただろう。

30分高速充電しても走行距離にして100キロ分くらいしか溜まらないから週に一度か二度は充電の時間が必要。フル充電しても400キロ分くらいしか溜まらないから、遠出の時は充電スタンドを探さなければならず、充電休憩の時間も必要で、旅の時間がとられる。

まだ充電網も充実していないので、ゴールデンウィークのサービスエリアや道の駅はどこも埋まっていて、たらい回しにされたりもする。

自宅でもできるが、今はスタンドでの充電が無料なので、その恩恵を受けるべくなるべく外の充電スポットで済ませるようにしている。

夫と二人で土日の早朝、お世話になっているディーラーの充電スタンドに行く。しかし実はこの時間こそがSDGsではないかと思い始めている。

小一時間の充電中、私は車内で読書、夫は付近でマラソン。何に急かされることもなく、ただ充電が終わるのをゆっくりと待つ。その時間は自分たちのチャージ時間にもなっているのだ。

車自体、その性能も社会的な意味も短いスパンで変化している。自分の価値観やその時々の生活とともに、この先も車遍歴は増えていくかもしれない。でも今は、ゆっくりとこの電気自動車を楽しみたい。

5月28日
ていねいな暮らしイベントへの出演。

今日はジェーン・スーさんと一緒に二子玉川で、ある雑誌主催のトークショーの仕事があった。

ナチュラルファッションを得意とする、日々の暮らしに寄り添う雑誌。トークのテーマは「ていねいな暮らし」だ。

まず聞かれたのは、この夏の快適な過ごし方。

スーさんは「お茶をパックから作っている」と答え、私は「ここ何年か、庭周りの雑草を取ったり、水たまりをことごとくなくしているから蚊がいなくて快適」などと答える始末。二人とも丁寧な暮らしの聖地ニコタマの岸辺に、おしゃれな回答で漕ぎ着くことはできなかったが、自分の暮らしを改めて考える楽しいトークショーだった。

ここ何年か「#ていねいな暮らし」というハッシュタグも目にするし、SDGsという言葉も相まって、それぞれが自分にとっての心地よい生活を求め始めている。

私にとっての心地よい生活は、自分の選んだわずかなものと暮らすこと。

ラジオ番組やポッドキャストでも以前から断捨離を公言しているが、「小さな部屋とトランク一つ分の荷物」を目標にしているので、家の中のものは日ごとに少なくなってきている。

もちろんこういう仕事上、洋服、本、いただきものなど、保管を余儀なくされるものもたくさんあるが、基本1アイテム1点の保有。爪切りが3個、お皿が数十枚ということはなく、最小限を置いている。だから道具一つ一つを丁寧に扱う。名前をつけたいくらい、そのものとマンツーマンで相対している。

置き場所を決めておけば、ハサミがないと騒ぐこともない。数が少ないからどこに何があるかもだいたい把握できる。家からものが少なくなったことで、掃除も時間がかからない。床に何かが落ちていることもなく、お掃除ルンバのスタートはいつでも大丈夫だ。

買い物の仕方も変わった。昔は時間がなくて、スーパーに入ると、必要になりそうな食材を根こそぎカゴに入れ、フルスピードでレジに向かった。

〝とりあえず〟で買った食品は、冷蔵庫やストックボックスの中で賞味期限を迎え、使われることなくゴミ箱へ入ることもあった。

今は必要なものを、使いきれる分だけ買う。だから冷蔵庫はいつもがらがらで風通しがいい。

自分の周りに置くものは、その作られたストーリーに興味がいくようになってきた。いわゆる昨今トレンドの、その製品が、いつどこで誰によって作られたのかを知るトレーサビリティということになるだろうか。ランプやカシミヤの膝掛け、それぞれに愛着があり、私の元にたどり着くまでの生い立ちやヒストリーを自慢げに夫に語ったりもする。

自分の人生の時間軸に合わせれば、大きな家も、大きな冷蔵庫も、もう必要ない。

いろいろなものをどんどん小さくたたんでいきたい。

そして自分のお気に入りのごくごく少数のものと、心地よく暮らしたい。

これからじっくり時間をかけて、そこにたどり着きたいと思っている。


子供たちが小さい頃よく読んであげた絵本に「ばばばあちゃんシリーズ」があり、時々、その中の『いそがしいよる』というお話を思い出す。

綺麗な星空を見上げ、最初は揺り椅子だけ外に持ってきて、ゆっくり空を眺めていたおばあちゃん。でも、物がないことが心配になり、ポットやらベッドやら、あれもこれもと家の中からたくさんの荷物を外に運び出す。家の前の原っぱは物だらけになって、結局ちっとも落ち着けなかったという、可愛いお話。


いつか私も夜空を静かに眺める時がくるかもしれない。

でもそこには、ずっと使い続けているランプと、お気に入りの膝掛けだけがあればいい。そんなていねいな暮らしをいつか……と夢みているのだ。

6月8日
今日、娘の友達のラジオに出た。

今日は、初めての半蔵門TOKYO FMでの仕事。タレントの山崎怜奈さんがメインパーソナリティを務めるラジオ番組「山崎怜奈の誰かに話したかったこと。」のゲスト出演だった。実は彼女と我が娘は大学時代から大の仲良しで、家族ぐるみで仲良くさせてもらっている。

怜奈ちゃんはこの午後の帯ラジオの大役を一人で担当することが決まった時、私のところに相談に来てくれた。やはり少し不安だと口にしていて、初回の放送は、私も緊張しながら聞いたのを覚えている。

しかし、生まれたての子鹿だったのは一瞬のことで、バンビはすぐに立ち上がり、野原を楽しそうに軽やかに駆けだした。

そして今日、ホストとして私の前に座る彼女は堂々としていて、聞きやすいトークの間合いといい、ゲストの痒いところに手の届く質問といい、最高のパーソナリティに進化していた。

つい最近まで見守るべき存在だった子供たちが大きく成長していくのは、まばたきする程の速さである。

私が守らなければと育ててきた娘は、今や、母が調子に乗らないようしっかりと苦言を呈してくれる良きアドバイザーであって、私の方が守られている気がするし、いろいろなことを教えてきた息子も、何か聞けば大抵のことは知っていて、逆にアイデアもくれるような頼もしい参謀になった。

もう自分がさなぎから蝶へと変わることはないけれど、彼らが目を見張る変身を遂げていくのをそばで見るのは気持ちがいい。

そしてこういう子たちが周りにいる限り、私も飽きずに人生を送れそうな気がしているのだ。

そもそも私は世の中の若者を尊敬しているし、信頼もしている。

若者たちはしなやかだ。担当しているポッドキャスト番組の「ＯＶＥＲ ＴＨＥ ＳＵＮ」には、吉田周平君（35）と中野堅介君（30）という若いスタッフがいる（年齢は執筆時）。

二人とも穏やかで、他を否定したりしない。二人のおばさんを温かく見守り、私たちが雑に口にする、令和にそぐわないワードを、編集で細かくつまむ技も見事。それこそが、二人を「炭鉱のカナリア」と呼ぶ所以《ゆえん》でもある。

次世代の倫理観と類稀なセンスを持ち、

またそれをひけらかそうともしない。その悟りの開き方は、昭和生まれの私たちが持ち得ないものである。

若者たちは身のこなしも軽やかだ。昔々その昔、インスタグラムなどというものが私から見たら〝人面犬〟ぐらいの風聞でしかなかった頃、ある子に「就職せずにインスタグラマーやります」みたいなことを言われ、面食らったことがあった。

本人には言わなかったけれど、そんなに世の中は簡単じゃない、食べていけるのだろうかと心配すらした気がする。

しかしその何年後か、当時会社の採用担当だった私は、やむにやまれずインスタやらユーチューブやらに手を染めることになる。会社のベテラン社員でSNS対応チームが作られたが手に負えず、結局その若者を頼り、助けを求めることになった。

彼らは、私たち大人に最大の敬意を払いながら、優しくインスタとは、ユーチューブとはなんぞやを説き、手際よく鮮やかに仕事をしてくれた。

私たち中年が異星文明にアレルギー反応を示している間に、彼らは軽々とずっと先を行き、闇雲に敬遠するだけの私たちを置き去りにするかのように、得体の知れぬ何かをすでに立派なビジネスにしていた。
先達《せんだつ》はいつも若者なのだ。

私の周りにいる若者たちは、自分にとって心地よく、幸せなことがなんなのか、自分でちゃんとわかっている。

他人と自分を比べない。アイデアも自分で独り占めするのでなく共有する。自分一人が出し抜くのでなく、みんなで成長していければハッピー。

なにより、どの人が1年先に生まれたとか、入社したとか、年をとってるとか若いとか、私たちが長らくがんじがらめになってきた縦社会への意識もなければ、年齢による差別もない。

例えば、働いている現場で、自分が最年長メンバーになる日は、誰にでも予告なくやってくるものだ。若者ばかりのある番組で、唯一私より年上だろうと踏んで、精神的支柱にしていた構成作家が5歳下であると知った時には、白目を剥いた。

ブレーカーが落ちたその日を経て、若者の嫌がる大御所感は出さないようにとか、ロートル（こんな言葉、若者は知らんよな）の扱いを受けないようにとか、こちらの勝手な被害妄想で最年長として細心の注意を払って生きてきたが、若者たちはそんなことを、まったく気にしていなかった。

フリーになって、行く仕事、行く仕事、現場は活気にあふれていて、ほぼ100パーセントの確率で私は最年長者である。しかし彼らは仲間として優しく迎えてくれるし、ちゃんと学びを共有してもくれる。

彼らの度量の大きさがあればこそ、私も安心して飛び込んでいけるし、少しずつ成長もできている。若者によって生かされている。もうここまでくると好々婆（？）として万感の思いだ。

しかし……。

先日、お世話になっていた男性がこんなことを言っていた。

65歳になって会社を退き、自分は小さな畑を趣味で始めた。毎朝5時ごろ起きて、畑の世話に向かう。けれど同い年の妻は自分が畑仕事を終えた昼過ぎにようやく起きてくる。最近ゲーマーになり、徹夜で格闘ゲームをやっているらしいのだ。夜中のぞくと、チャットなどしながら、若者にいろいろと技を教わったりして、それがずいぶん楽しそうなのだと。そしていじましく、65歳を57歳と申告して意味のないサバを読んでいるのはどうしたことかと。

ああ、なんていい話なのだ。

そして、その妻の気持ちもわかる。わかりすぎる。

若者とのコミュニケーションに、年齢など関係ないのは百も承知だ。でもそのマイナス7歳には、理解だけでは越えられない、いろんな思いが込められているのだよ。

7月8日
大沢悠里さんとご飯を食べた。

およそ一万という時間を、私は小田急線の電車内で過ごした。ちゃんと数えたわけではないが毎日往復2時間弱、27年間電車通勤していればそれくらいの時間にはなるだろう。一万時間の法則に従えばこの間に何かを成し得ることもできたろうが、正直なところ、今もって勤務地だった赤坂から地元の駅までの停車駅の順番すら怪しいほど、心ここにあらずだった。

第一、途中の駅のことなど気にして乗ったことがない。いつも快速急行。常に目指すは地元の駅。途中下車など許されない。とにかく早く地元の駅に。とにかく早く子供のお迎えに。とにかく早く夕飯を作らないと。と気が急いていて、焦るあまり先頭車両に乗ったことさえある。

通勤時間帯の小田急線の快速急行は容赦なく混む。無理やり電車に体をねじ込ませることができなくて一、二本見送ったこともあったし、酔っ払いにくっつかれて硬直したままドアが開くのを待ったこともあった。疲れ果てて何駅かを乗り過ごしたこともある。それはそれは途方もなく長い通勤の時間だったような気もする。

それでもあの通勤時間は子育てで忙しい頃、唯一の自分の時間でもあった。ラジオや朗読のカセットを聞いたり、本を読んだりする。身動きがとれない時は子供のこと、仕事のことを一人で考え、目を閉じた。集中すれば頭も心も空っぽになっていき、いろいろなことが整理されていく。

そして電車が多摩川を渡る時、会社員から母である自分にスイッチを入れ替える。目的地である地元の駅にゴールするまでに気持ちをリセットさせることに集中する。そんな小田急線ライフを送った日々。

7月8日、元TBSアナウンサーでTBSラジオのパーソナリティ、大沢悠里さんにお声がけいただき、現役の新聞記者さんと私の三人で食事をした。大沢さんは私のためにわざわざ小田急線沿線の経堂にあるお店を選んでくれた。そしてその日私は、経堂という駅に、初めて降りたつことになった。27年間、素通りしてきた街。こんな街があることさえ知らなかった。そしてその街は想像以上の賑やかさだった。

食事が終わり三人で経堂の駅に戻る。案の定小田急線は帰宅時間帯と重なり激混みで、悠里さんをあの満員電車に押し込んで帰すことなどできないと、タクシーでの帰宅を勧めたが、ご本人が「各駅停車でみんなで帰ろう」とおっしゃる。

各駅停車……。私にとって各駅停車は恐怖である。何かの間違いで少しの区間を乗ったことがあるが、永遠に着かなかった印象すらある。

悠里さんの意見に「いや、各駅は遅いので急行に乗りましょう」と促す記者さんも、確か共働きの奥さんと小さなお子さんがいると言っていた。この時間、もしかしたら家で一人、お子さんが待っているのかもしれない。それならば私同様、快速急行に乗りたいはずだ。「そうですよ。とりあえず来た電車に乗りましょう。私たちが悠里さんをガードしますから」とかぶせる私に、悠里さんが「美香、そんな急いでどうするの。10分も15分も変わらないだろ」とおっしゃったのだ。

その天の声に導かれるまま、私たちはホームのベンチに腰を下ろし、何本もの快速電車を見送って各駅停車が現れるのを待った。そしてようやく現れた、人もまばらな各駅停車に乗り込み、三人で電車の座席に座った。

電車は焦っている私のことなど我関せず、のんびりと進み出す。悠里さんが車内の広告を見て解説を始める。そして、一駅停車するごとに駅の感想やエピソードを話してくれる。いつの間にか私は悠里さんの言葉に聴き惚れ、ゆっくりと各駅停車の時間を楽しんでいた。

その間に、いくつもの快速急行がまた私たちを追い越して行ったが、もうそんなことなど、どうでもよくなっていた。


各駅停車に乗ること、途中下車することをずっと避けてきた。無駄な時間を持つ余裕などなかった。

でももう私はゴールに向かって猪突猛進しなくてもいいのだ。

途中下車して寄り道したり、乗り過ごしたり、よそ見をしたり、そんな風に電車に乗っても許されるはずだ。

各駅停車に揺られ、初めて見るような景色を目にしながら、自分に言い聞かせてみるのだった。

7月15日 ママ友たちとのこと。

参議院選挙の投票日、朝早く、ほぼ寝起きのような格好で、夫と息子と三人で近所の小学校へ投票に出かけた。そこは娘が通っていた公立小学校である。もう選挙でしか来ることもないが、10年前と変わらないグラウンドや校舎を見て、PTA活動のこととか、もうあまり連絡もとらなくなったママ友のことなんかを時々思い出したりもする。

校舎に入ろうとした時、本名で遠くから呼びかけられた。振り向くと、もう何年も会っていない、仲の良かったママがいた。娘たちが同じ塾に通っていて、送り迎えも一緒にした。あの頃はよく同じメンバーでランチをしたり、長い間学校の前で立ち話をしたりしたが、それぞれが違う中学に入ってからは連絡も次第に途絶えた。

そのママから、「久々にランチでもしようよ」とお誘いを受けて、本当に久しぶりに仲の良かった四人が集まった。

小学生だった子供たちはもう社会人になってそれぞれの場所で働いている。話すことも、子供の勉強や塾の話ではない。50過ぎの私たちが得意とする健康とかアンチエイジングとか、以前は絶対に出てこなかったであろう〝推し〟の話なんかで盛り上がった。

いつも一緒にいたママが大江千里の大ファンだということも、一人のママは革細工が得意で個展を開くほどの腕前だということも、初めて知った。彼女の個展にみんなで行こうということになり、まるで新しくできた友達のようにはしゃいでしまった。

私の子育ては見知らぬ街で始まった。頼る人もいない。その上アナウンサーという仕事をしていれば、遠目から珍しそうに見られて距離を置かれる可能性もあった。

知らない土地で安心して暮らすために、地域に自ら馴染むことが必要だった。だから娘が公立の小学校に入った時、ＰＴＡ役員に真っ先に手を挙げたし、自分から声をかけてママ友をナンパしたりもした。

徒党を組まないママもいるし、ママ友やママグループ自体あまり好きではないという人もいるかもしれない。だが、私の場合は彼女たちがいてくれて本当によかった。

娘の小学校の運動会はたいてい土曜日で、お昼に家族と一緒にお弁当を囲む。私は土曜日が仕事で運動会にはほぼ行けなかった。でもいつも、「うちで一緒にお弁当食べなよ」と言ってくれるママが何人もいた。

小学1年生の娘が「今日はグラウンドでいろんなママが私のとこに次から次へと来て大忙しだったよ」というのを聞いて、どんなに救われたかわからない。きっとたくさんのママ友たちが娘に声をかけてくれたのだろう。

私が具合の悪い時には面倒を見てくれたり、こんなことがあったよと私が知らない子供のことをそっと教えてくれたり。学校で知り合った人だけでなく、娘の塾、息子の野球、私はたくさんのママたちに助けられてきたのだ。

何人かとは未だに親しくしているが、ほとんどの人とはもう連絡さえとっていない。

懐かしくてスマホのアドレスに溜まっている100人ほどのママ友欄を見てみたが、顔を思い出せない人すらいる。

あんなに濃い時間を過ごしたのに、同じ街であってもきっとお互い気がつかないのだ。そしてもう約束を取りつけて会うこともしないだろう。寂しいけれどママ友というのはそういうものなのかもしれない。

私はママ友たちにお礼をちゃんと言えたのだろうか。みんな元気にしているだろうか。

もしもう一度会えたなら、子供のことなんか一言も話さずに、自分たちのことだけをベラベラと喋って、労をねぎらいあいたいとも思う。

ママ友の同窓会なんて聞いたこともないけれど、あってもいいかなと思ったりするのだ。

8月7日
大きな会議の司会をした。

7月20日、21日と大きなオンライン・カンファレンスの司会の仕事を任された。各界のリーダーが登壇し、各セッション、違うテーマで討論をする。今後の働き方、マネジメント、採用、経営、多様性、女性活躍社会からメタバースまで内容は幅広く、管理職としてたくさんの研修を受けたり、長きにわたり採用担当を経験してきた元会社員の私でも、かなりの勉強が必要だった。

資料にはダイバーシティ、インクルージョン、エンゲージメント、と概念でしか理解できていなかった言葉たち。それらに関する本を読み、ネットで多様な意見を吸収し、準備に時間を費やした。

もともと、リードする側の人間ではないが、それでもこの仕事について27年、番組やトークショー、司会者としてのスキルもそれなりに身につけてきたつもりだ。営業絡みの食事会やPTAなど、場を整えることも数々してきた。なのに、そのスキルは何も使えなかった。

スピード感についていけず、ちぐはぐな私の質問はゲストである登壇者たちを混乱させ、かなりの負担を強いた。フロアディレクターがなんとか修正しようと焦って私にカンペを出す姿は今も頭から離れない。結果、セッションの中のいくつかは完全に不体裁に終わった。

最悪だったセッションの終わりに、スタッフに謝った。何カ月もの間準備をしてきたこの人たちの努力を、私一人がムダにしてしまったのだ。申し訳なくて穴に入りたい。気持ちを切り替えようと思いながらも、新しいセッションは次々と始まり、そこに対応しきれない自分がいた。

失敗をプラスにとらえる名言もあるが、そんなものはなんの救いにもならない。ただただ周りに迷惑をかけたという事実があるだけ。自分だけのことなら無鉄砲にできるのに、他人との仕事になると慎重になるのは、周りにがっかりされることが、私にとって致命傷だからだ。

そしてみんな、がっかりしていた。本当にこの時の心の砕かれようといったらない。

ポッドキャスト「OVER THE SUN」でこの話をし、この事態は「驕りと無能が招いた」と自分で結論づけたが、分析するとこうだ。

まず、完全な準備不足。テレビやラジオと勝手の違う予想外のディスカッションのシミュレーションができていなかった。

そして、スキルの低下。難しい事態に直面した時の瞬時の対応力が明らかに落ちていた。他にも覚えていたはずの言葉が出てこない。ろれつが回らない、集中力が切れるなど、スキルの低下を数えるときりがない。

若い頃なら、このミスを糧にして次は頑張ろうなどと考えたかもしれない。が、久しぶりに目の当たりにしたこの失敗は、かなりの後遺症となり、自分の能力がしっかり落ちてきていることを悟った。

そして悲しいけれど、昔と違い50を過ぎた私にとって、そのスキルを立て直し、

「まだやれる」「もっとできる」と思うことは、そろそろ周りに面倒をかけることになってきているということも理解した。

自分のできることとできないこと、保ち続けるものと捨てるもの、この先何かを選択をしていくことはもっと増えてくる。

それは若い頃と違って、可能性を広げる選択肢ではなく、今あるものを閉じていく選択肢でもある。

世の中には〝潮時〟とか〝引き際〟という言葉があるが、フリーで活動をする私たちにはこれが難しい。自分の能力の限界を自身で見定めることは、我欲や執着との闘いでもあるのだ。

私が尊敬してやまない人は、去り時を間違えずに、まだまだ余力を残して圧倒的存在感のまま現場を去った。そこにどんな思いがあるのかはわからないが、そうやってご自身の美学を貫いた。

昨日テレビで見たアントニオ猪木さんは、車椅子で何人かに連れられてインタビュー室に入ってきた。闘病中で、見ているのが辛くなるほどに頬がこけていた。なのに、もうかすれて出ない声を絞り出すように「無様な姿を最後まで見せていきたい」と言った。

どちらの生き方にも雑念はない。

こうやって日々光の当たる場所で自己表現させてもらっていることは楽しい。それでも、いつか私も、去就を考える準備に入らなければいけないのだろう。その時自分はどちらを選び取るのか。行き着いた先の境地とはどんなものか。それまでもう少し、頑張らせてほしいと思っている。

※アントニオ猪木さんはその2カ月後、10月1日に旅立たれました。心よりご冥福をお祈りいたします。

8月10日
子供たちとの読書会について。

好きな女性作家は何人かいるが、その一人が林芙美子だ。昭和初期の流行作家は広島県尾道市で幼少期と青春期をすごした。そして有名な『放浪記』発表以降は旅を好み、自由に生きた。

大学生の頃、小型船舶免許一級取得のため尾道で何日かを過ごした私は、この町で林芙美子の存在を知った。たばこをふかしながら創作活動をする芙美子の姿や、彼女がそろえた洒落た調度品の写真を見ながら、自分の生き方を貫く芙美子が眩しく思え、初めて見る瀬戸内の海が放つ光と相まって、尾道はいつかまた訪れたい憧れの地となった。

だから自由になり、以前からやりたかった「地方を回って子供たちと読書会をしよう」と思った時、スタートの場所として尾道を選んだ。

尾道に対しての一方的な思いは盛り上がるものの、縁もゆかりもない。

ひとまず尾道の図書館に「尾道の皆さんと読んだり語ったりする緩くて和やかな読書会を開催したいのですが、ビラを貼らせてもらえませんでしょうか」というようなメールを送った。

考える間も躊躇することもなくこうやって行動が先走るのはいつものことだが、しばらくして、尾道市役所の方から「尾道の図書館もいいのですが、因島《いんのしま》はどうでしょうか。浜辺の前に立つ『渚の交番SEABRIDGE』という施設は夕日が綺麗で、週末は親子連れで賑わう場所です」との返信をいただいた。

あまりに嬉しく、1週間後にはもう因島へ下見に出かけていた。

30年ぶりに訪れた尾道は変わらず美しく、以前よりも賑やかな街になっていた。レンタカーを借り、しまなみ海道を渡る。海の真上を縦断し、島に降り、緑の一本道を抜けた浜辺の前に、紹介された渚の交番はあった。

そこはおしゃれな絵本ギャラリーで、瀬戸内海が見渡せる開放的な空間になっている。東京でも仕事をしているというお洒落なオーナーさんと、尾道が好きでIターンをしたというう気さくなスタッフさんに出迎えていただき少しの打ち合わせの後、「読書会は、サンセットが綺麗な夕暮れに子供たちを招いてやりましょう」ということになった。

瀬戸内の海と夕凪、そして子供たち。

なんとも『二十四の瞳』のような読書会ではないか。

そしてやって来た7月23日、読書会当日。その日はこれ以上ない最高の天気となった。フリーのディレクター、女性の先輩という気心の知れた二人も同行してくれて福山で新幹線を降り、そこから因島へと向かう。

子供たちへのお土産を抱え、車に機材をたくさんのせた車中は、さながら地方巡業をする小さな劇団だ。

渚の交番に着き準備を進め、夕方近くいよいよ小さな読書会が始まった。集まったのは小学1、2年生の子供たち。皆、恥ずかしがって距離をとって座っているが、ページをめくるごとに小さな身を乗り出して、少しずつ絵本の方ににじり寄ってくる姿がなんとも可愛らしい。

老化で白目が白濁し、もうそんなに輝きもしない私たちとは違って、子供たちは大きな黒目で、好奇心いっぱいにこちらを見つめている。絵本のストーリーと一緒に笑ったり驚いたり、コロコロと変わる表情には嘘もない。瀬戸内の海を望む会場は穏やかな空気に包まれていく。読み手にとってこれ以上の癒やしがあるだろうか。

ピアノに合わせて子供たちにも絵本を読んでもらったりもした。『ともだちや』という本を、一字一字たどたどしくもゆっくりと声に出していく子供たち。

「みんなで力を合わせて一つの作品を作りましょうね」という私の言葉に応えようと、「ともだちいりませんかー。いっかいひゃくえんー」と隣の子に声のバトンを渡していく。小さいながら必死にページをめくる姿は、最近ことに涙腺が緩くなった私にはたまらない光景だった。

ここに来るまで、劇団員三人でラーメンを食べたり、瀬戸内の景色にはしゃいだり、ご褒美のような時間を過ごした。そしてまた、こうして子供たちから小さな幸せをもらってもいる。今までもこれからも、私が朗読会や読書会と名づけるこれら一切は、誰のためでもない自分の楽しみのためだし、ただの自己満足だとはっきりわかっている。

それでも、どこかからお土産を持ってやってきた、知らないおばさんが読んでいたいつかの絵本の記憶が、頭の片隅に少しだけでも残っていたなら、これ以上嬉しいことはない。

子供たちが絵本で見つけた新しい世界は、きっと未来を生きる力になり、絵本で得た豊かな感情は、他人や自分を大切にすることができる心の潤いとなる。

いつの時代も子供たちの想像力はみずみずしく自由であってほしいと願わずにはいられない。

あのとき、あの渚の交番で、子供たちは一生懸命に絵本を見つめ、どんなことを考えていたのだろう。いや、何も考えていなくてもかまわない。この穏やかな瀬戸内の海の前、潮風の香りの中、絵本の前に子供たちがいた。その幸せな時間だけで十分だった。

そして今日、因島の写真を整理していたら、少しだけわかったことがある。あの日の帰り際、一人の女の子が私に寄ってきて、シロツメクサの花束を恥ずかしそうに渡してくれた。大人たちが帰りの準備をしている時に、浜辺で一生懸命摘んでくれた最高のプレゼント。見守るお母さんも優しそうで、家でも仲良く二人で本を読んでいる姿が想像できる。きっと参加してくれていた子供たちはみな、素敵な時間のなかで子供時代を過ごしているのだろう。

たかが絵本の読み聞かせではある。でもきっと、足りている場所と足りていない場所は存在する。

だとしたら、ただの自己満足などと言って逃げずに、少しおせっかいだと思われても、他にも届ける場所があるのかもしれない。写真に写る子供たちの最高の表情は、そんなことも私に教えてくれていた。

朗読について

朗読を続ける理由。

朗読は地味である。そしてダサい。

時々勉強を兼ねて朗読会を見に行ったりするが、静かな空間で、一定の波長の読みが続くと、簡単に飽きてしまう。

視覚や聴覚を刺激するような演出もなく、出演者の声だけが頼り。自分の耳に合わない語りの時など、その2時間は地獄となる。

舞台で感情を操りセリフを体に記憶させて発するお芝居とも違い、座布団の上で鍛錬された話芸を披露する落語とも違い、書かれたものをただ読むだけ。それが朗読。

今は配信も個人で簡単にできるから、場所や小道具を用意することもなく、誰でも読み手となって、自由に表現することが可能だ。たくさんの指南書もあるし、たくさんの賢者もいる。だが、興味のない人を朗読に誘って「ごめん。朗読？　そこにお金使う余裕ない」「つまらなそうだから絶対寝る」と断られたこともある。

まあ朗読に対しては大多数の人がそんな風に思っているだろうし、あながち間違いでもない。


では、そんなつまらない朗読を私が続ける理由はなんなのか。

何のためでも誰のためでもない。ただただ自分のためである。

昔、続けると決めたから。それだけ。

もちろんお金をいただいて開催する会は、イベントとして、商品として、最大限のパフォーマンスを発揮しなければならない。そしてある一定の評価をもらわないと続けることは厳しい。

とはいえ自分の朗読会は、精度を上げた「ジャイアンリサイタル」である、という自覚もある。自分の〝読み〟で人を感動させたいなど、おこがましくて、この先口が裂けても言わないようにしようと常々思っている。


朗読に助けられてきた。

アナウンサーとして、自分には何もないと思った20代後半、故・林美雄アナウンサーの「君、朗読うまいね。ちゃんと勉強したら？」という言葉にすがった。

なんの保障もなかったけれど、これから先、何年にもわたって朗読の練習を続けていこう。手放さないでいれば、いつか自分を救ってくれるはずだと、わずかな望みにかけた。

「新潮カセットブック」やCDを、育児の合間、通勤の時間に聞きつぶした。幸田弘子さんの『源氏物語』『山本周五郎――落葉の隣り』渡辺美佐子さんの『向田邦子――父の詫び状』、山本陽子さん、藤村志保さん、佐藤慶さんや、橋爪功さんまで。

言葉のすべては新しいもののように聞こえ、自分が今まで触れたことのない息遣いや間《ま》に震えた。どの人も豊かな音色を持っていて、誰一人として同じではなかった。彼らの声は、イヤホンで繋がれた私の耳と脳を隙間なく埋め尽くすものであり、本物であった。

何が足りないのか。

生きてきた時間。

過去の自分、今の自分。

完全に模倣をし、録音しても、流れてくる自分の声には何の厚みもなかった。

聞かせる場所もないから、自分の読みの現在地がどの辺りなのかもわからない。誰からのジャッジももらえない。朗読そのものに惹かれて始めたわけではないから、朗読の意味もわからなくなる。

だから考えることはやめた。

迷いが生じたら読むことに戻った。不安な時ほどひたすら読んだ。そして読むことは小さな支えになっていくと考えた。昔から、続けていれば何かが変わるということだけは知っていたから。

ただいつ頃からか、不思議なことに、読みながら文字の背景が見えるようになってきたのだ。

自然に発した自分の言葉に対し、今どうしてこの高さで、どうしてこの間《ま》をとったのか、ロジックで説明できるようになった。

夜な夜な、物語を読み解いた。言葉を発する回路の地図を作ることは、自分が越えられない壁への、道しるべになるかもしれないと思うようにもなった。それが唯一の心当てであったような気がする。

仕事で疲れた日も一人机に向かい、深夜から朝方まで朗読したり考えたりを繰り返した。楽しかった。物語を何度もなぞることで、少しずつ作品が体に染み込んでいくのがわかった。

朗読に向き合おうと思った日から20年になる。

でもまだ、あの時聞いた、「新潮カセットブック」の俳優たちのようには語れない。

私の読みは誰かと誰かをごちゃ混ぜにしたものであり、自分が放つ声の光は存在自体軽い。自分の人生そのもののようでもある。

でも一つ一つの作品と向き合ってその裏側を読み込んでいく時、今までにない新しい思考にたどり着く時、一枚ずつ層が増えていくことも実感できている。

ただ感情に流されるのではなく、高揚していく気持ちを抑え、自分を客観視して言葉を発していく、もう少しだけ高い次元の感覚を得ることも、時にある。

周りの大人たちから不意に投げられた「朗読」という球だった。でも私はその球をしっかり受け取り、自分で抱えることを選んだ。

そして気がついたら、自分には朗読しかなくなっていた。

この球を、私はどこに、誰に、投げようとしているのだろう。この道の果てにどんな景色が見えるのかもわからないし、結局なにも見えないのかもしれない。

でもいつかくる最後の日、読み続けてきたという事実があるだけで十分だと思っている。あと5年か、あと10年か。あの日、続けると決めたから続けているだけ。

今、自分が朗読をすることの理由は、それ以外に見つからないのである。

朗読会までのこと。

会社編 立ち上げ〜軌道に乗るまで。

ＴＢＳ時代「A'LOUNGE」（エーラウンジ）というＴＢＳアナウンサーによる朗読会を立ち上げた。３年間で９回のA'LOUNGE。毎回違うアナウンサーに出てもらい、私はそのうち８回プロデューサーを務めた。

思いついたらすぐ行動というのは、もう体質みたいなものなので諦めている。この時もそう。たまたまアナウンス部長と朗読の話をし、次の日にはもう動き出していた。そしてここから、少しだけ長い道のりが始まったのである。

私たちが新人の頃はアナウンサーだけの大きな朗読会があった。しかし関係者はもう卒業されており、つてを頼って当時の朗読会の内情を聞いた。興行の収支、大掛かりな作品の著作権、著名ゲストを迎えるまでの経緯、スタッフ繰り、イベント周りの諸々の流れ。初めて知ることばかりだった。

昔は会社ごととして開催されていたので、社内の全面バックアップがあり、TBSとお付き合いのある大きなスポンサーさんがついていた。何かイベントを仕掛ければお金が儲かるという機運の時期。お金が回っていたからこそ朗読というマイナーなイベントでも成立したのだろう。しかし昔と今とでは事情も違う。それでも当時の500人規模の朗読会をいつか復活させたいと思った。

会社のイベントを取り仕切る何人かに相談をしたが、収益が見込めないイベントの開催はかなり難しいとのこと。そして朗読というコンテンツの地味さ、何よりアナウンサーでの集客は厳しいと指摘を受けた。会社に損をさせてまでやることでもないという辛辣な意見もいただき、一会社員として首がもげるほどに納得した。

だいたいいつも突然の思いつきなので、その思いつきには執着もない。テストマーケティングをしているわけでもないし、前段階の準備もない。だからあっさり方向転換もできる。ならばと大きな集客の朗読イベントをいきなりかまえるのではなく、小さい箱からスモールスタートすることにした。

キーワードは「プレミアム感のある朗読会」。ファンイベントではなく、本物の読み手と朗読の好きなお客様が集まる会。そしてこだわるのは、場所、空間。まずひとつ、イメージが明確になった。


ともかく1回目をスタートさせないことには始まらない。

何パターンもの企画書を書き、スポンサーになってくれそうな会社に手当たり次第プレゼンをしていく。以前から朗読会の話をしていたTBSラジオの内田寛之君という後輩が私の動きを見ながらしっかり伴走してくれていて、スポンサーさんにも声をかけ、朗読好きなスタッフも集めてくれていた。初期スタッフたちはその後も、何回かの朗読会に協力してくれている。一緒に作りたいという想いだけでボランティアに近い労働だった。感謝してもしきれない。

スタッフたちのおかげもあって段々と形が整っていく。開催のめども立ってきた。

観客は少人数でいい。予算も最小限でいい。1回目は周知することに大きな意味がある。TBSアナウンサーが朗読会を始めたということを印象づける会にしなくてはならない。

そして5月18日、ことばの日。第一回朗読会が開催された。ほぼ関係者で外部のお客様はたった30名。場所は社外の女性の先輩にお願いして丸の内のど真ん中、大勢の人目につくガラス張りの会場を借りた。街行く人が何が行われているのか不思議そうにのぞきながら通り過ぎる。時に携帯電話で写真を撮っている人もいる。いいPRになる。そして当時私が知りうる限りの記者にもきてもらった。翌日、「ALOUNGE」という名前がたくさんのメディアにのった。

1回目が終了し、御礼のご挨拶を終えると共に、すぐに2回目の開催の準備に入った。もう自分なりの目標もできていた。

1　5回は続ける。
2　開催場所に独自性。
3　回ごとにストーリーを残す。
4　スポンサーを得て収益化する。

5　ラジオとテレビでの放送。
6　将来的にはアナウンサー全体の実力をあげて朗読劇団のようなチームにしていく。

3だけが漠としているが、実はこれが一番大事だった。何事もストーリーがなければ人は共感してくれないから。


第1回のメディア掲載の恩恵か、その頃には2、3カ月前のスポンサー訪問の時間を回収するかのように、何社かから一緒に朗読会をやってみたいという返事をいただくようになっていた。

ただ問題があった。私たちアナウンサーは、特定のブランドを身につけて宣伝したり、他社のホームページに出ることが禁止されている。先方の提案にあと一歩のところで会社の許可がおりない。ラジオの営業さんたちも何度も先方に足を運んでくださったが、私の力不足で形にはならなかった。

ある営業の方とタクシーで帰社途中「すみません。忙しいのに空振りの案件につきあってもらって」と謝ると、「僕たち営業は、こういう空振りの積み重ねが大事なんです」とおっしゃった。頭が下がる思いだった。

私たちアナウンサーは時々、自分たちのステージが誰によって作られているのかに考えが及ばなくなる。もっと会社のことを知らなくてはと思った。

お金は出してほしい、でも御社の宣伝はNGとは虫がよすぎる。お金だけ出してくれるスポンサーなどこの時代滅多にないから、スポンサー集めは難航した。

だから一度だけ、会社経営などをしている知人たちにすがってみることにした。これは自分の骨身を削るような方法でもある。先方はTBSにではなく、私との関係性に出資するのだ。ことお金の話だ。こじれたら今までの信頼関係まで失ってしまう。どうしてここまでする必要が？　と思いつつ、でもその頃には、自分で生み出した朗読会が成長していくのを見たいという気になっていた。

200万円くらい出すよと言ってくれた豪傑な先輩もいたが、スポンサードしてもらうには事前調査があり、もちろん個人では難しい。結局知人とご縁がある千代田セレモニーさんという会社がスポンサーになってくださって、3回にわたって朗読会を支えてくれた。本当にありがたかった。人生で初めての借金。まだ知人たちには返せないままでいるが、いつか何かの形で返さなければと思っている。

そんな風にして2回目は教会で開催することができた。荘厳なチャペルで朗読をする後輩たちの姿は眩かった。3回目のサンシャイン水族館の大水槽の前での朗読会は、大きなエイや魚たちが悠然と泳ぐ前で大変な迫力であった。4回目は、2回目と同じ教会ということもあり、後輩にプロデュースを預けた。衣装や音楽、告知方法など、私と違うアプローチは頼もしく、この朗読会はちゃんと後輩に繋げていけるという手応えを感じる会にもなった。

そして5回目、J：COMさんからスポンサーのお話が舞い込む。もうその頃にはA'LOUNGEという朗読会は社内的にも知られていて、いろいろな部署の方から「協力しますよ」と声をかけてもらっていた。5回目のGINZA SIXでの会は応募が殺到し、倍率は約100倍。6回目の舞浜にあるシェラトンでの朗読会は、クリスマスの雰囲気たっぷりにCS放送の番組にもなり、朝の情報番組でも特集が組まれた。一度レールに乗るとうまく回り始める。たくさんのスポンサーさんから連絡が入るようにもなっていた。

ただ一つ、自分でわかっていることがあった。私はあまりに大きなステージに乗せられたり、まばゆいほどの光を当てられたりすると、視線をそらせたくなるという性分をもっている。朗読会が大きくなり、うまく回り始めたとき、やっぱりそのクセが出た。

うちのイベント会場を使ってください。うちとコラボして大きな朗読イベントにしませんか。そんなありがたい声がけに丁寧に頭を下げてお断りをし、集客イベントとしての朗読会というやり方から一度離れることを決めたのだった。

朗読会までのこと。会社編 ラジオドラマでの再スタート。

2年目にしてはやくも、朗読会A'LOUNGEのやり方を変えたいと思った。一度クールダウンしたものをリスタートするには軸が必要だ。

7回目の開催からは一旦ファンが集まるイベント形式から離れ、放送の形にすることにした。そして外側のブランディングではなく、内容にメッセージを盛り込んでいくことを目標に置いた。


三越劇場で「青空」という朗読劇を見て号泣をしたことがあった。戦時中、犬や猫を国に差し出す「供出《きょうしゅつ》」という決まりに翻弄された少年の物語。四人でのお芝居の形をとった朗読劇で、竹中直人さんをはじめ、イッセー尾形さん、國村隼さん、錚々《そうそう》たる俳優陣が演じてきたようなハードルの高い演目。アナウンサーの小童《こわっぱ》が演じるなどありえない。しかし反戦というメッセージがしっかりと込められている意義のある作品でもある。

やってみたい。ダメもとで脚本と演出を担当されている樫田正剛《かしだしょうご》さんに連絡をした。放念されたり、お叱りの言葉をいただくことも予想していたが、「もちろん、いいですよ！　どんどんやってください。どんな小さな場所でも、学校でも、いろいろな方に見ていただきたいんです！」と思わぬ返信があり、快く了解をいただいた。

今回はイベントではなく、ラジオドラマで朗読に挑戦したい。だが、ラジオで一時間の特番ともなると、大きなお金が必要になる。またゼロに戻ってスポンサー回りが始まる。しかし、戦争を題材にした作品というだけで反応はよくない。候補のスポンサーが一つ消え、二つ消えして、精神的にも疲弊していく。高い菓子折りを自分で買って、休日を使って会社を訪問する。そもそもこれって私がやることなのか？　という思いもまた生まれてくる。

そして、ほぼ見込みがなくなった時、最後に藁にもすがる思いである人の元を訪ねた。学習塾日能研の小嶋勇理事長だ。おひとりで小さな塾から大手塾にした辣腕である。恐る恐る値段入りの企画書を見せると、理事長はペラペラとめくって、すぐに「やりましょう」とおっしゃった。それから「僕は塾屋だけれど子供たちに平和の大切さを伝えることは大事だとずっと思ってやってきた」「会社のお金でなく自分のポケットマネーから出そう。それだけの意味がある」と付け加えてくださった。

塾という教育の現場から、子供たちの未来を真剣に考えているその思い、こうやって私の気持ちをくんでくださる懐の深さに心から感謝した。

8回目はご縁があって、村上春樹さんの作品を読むことができた。コロナ禍で、配信という形を初めてとった朗読会でもあった。こちらは社内のメディアビジネス部の方々とタッグを組んだ。TBSが主催する「DigiCon6 ASIA」という映像作家発掘のコンテストからの受賞者も参戦し、村上春樹さんの美しい作品を彩ってくれた。

そして9回目。スタジオジブリの作品「風立ちぬ」をラジオドラマで放送することになった時、たくさんの方にどうしてジブリの作品をTBSで放送することができたのかと聞かれた。

ある日落語を見に行ったら前列にジブリの偉い方が座っていらした。もともと少し面識はあったが、その日はその方のほうから私に気づいてくださった。

ジブリの「風立ちぬ」は私が大好きな作品で、反戦のメッセージを持つものでもあるが、あの作品をTBSのラジオでドラマにすること自体ハードルが高すぎる。会社ごととして、かなりのやり取りも必要だ。自分一人で勝手に話を進められるものではない。幕間、その方と落語の話などする間も、頭の中ではずっとこのチャンスを逃してはいけないと考えていた。

演目が終了し、その方が手を振って立ち去る時に「風立ちぬを、ラジオドラマにしたいんです」とぶつけた。「ラジオドラマ?」とその方は怪訝そうだったが、「とりあえず、じゃあメールしてよ」と愚にもつかない私の言葉に戸惑いながらおっしゃった。

その夜、私はその方に長文で熱い思いをぶつけた。


こうして「風立ちぬ」はラジオドラマになった。演出には深作健太さん、脚本は映画「風立ちぬ」を手がけた丹羽圭子さん、ラジオドラマで重要となる音響効果も、映画「風立ちぬ」を担当された笠松広司さんがついてくださった。

これ以上ないほどの豪華なメンバーである。

収録までの間の深作さんと丹羽さんとのディスカッション、笠松さんとスタジオスタッフとの打ち合わせが幾度となく行われた。「風立ちぬ」に傷をつけてはいけない。ラジオドラマでどこまで表現できるか。セリフひとつ、音の作り込みひとつ、本物の匠たちが作り上げていく現場にいて、私はずっと熱に浮かされているようだった。

その時間が、私にとってどれほどかけがえのない尊いものであったか。この時間の思い出だけで残りの人生を生きていける気がする。そうして、ある種の充足感ととももに、またここでいったん区切ろう、新たな形に変えていこうと考えている自分がいた。

結局、自身の退社によりTBSアナウンサーでの朗読会を続けることはできなかった。けれど私と一緒にこの会を経験してくれた後輩たちがたくさんいる。誰かがまたいつか、新しい朗読会をスタートさせてくれればいい。その日がくるのを楽しみに待ちたいとも思う。

朗読会までのこと。
フリー編 一人だけの朗読会が始まった。

フリーになって2カ月後の6月16日、初めての「一人朗読会」を開いた。代々木上原の「ムジカーザ」という100人ほどが入る音楽ホール。2月に思い切って借りたあの箱だ。天井が高く出演者と客席の距離も近い。お客様がステージの自分を見守るように座席を配置できることに惹かれて決めた。

ＴＢＳ時代の知人たちが、見に行くよ、手伝うよと優しい言葉をかけてくれたが、親離れしないといけない。断腸の思いで断り、チケットは一般の方々への販売のみにした。


朗読する作品は芥川龍之介『羅生門』、太宰治『燈籠』、そして小川未明『赤い蝋燭と人魚』。すべてに特別な感慨がある。

『羅生門』は下人の心が松明《たいまつ》の燃える様子で表現されていく。盗人になるか死人になるか、エゴイズムだけの話でもない。加害行為までさせてしまう、醜く異形なものとして描かれる老婆が持つ生気。羅生門の上と下の世界、下人が、老婆が、見ている景色。下人が来た方角と去る方向。それに伴う思想。魔物である火の明かりに照らされながら、下人の心もまた、瓦解していく物語。

朗読を勉強し始めた頃、この『羅生門』を先輩の元ＴＢＳアナウンサー宇野淑子さんに見ていただき「下人の動きばかりが忙しく荒立って、心の中がちっともわからない」と言われた。あれから20年たち、少しずつ言葉に主人公の暗喩、言外の気持ちを乗せる大切さがわかってきてもいる。下人の心の機微を松明の燃える様子に例えて読んでいくことへの挑戦でもあった。

『燈籠』は私の好きな作品の一つだ。読んだのは10代の頃だったと思う。外の世界から疎まれ、身を寄せ合って暮らす家族。一つの明かりの下に、私たちはこれでいいのだと、尊厳と幸せを見つける瞬間の物語。悲観して生きていた時期に少しの明かりをもらった大切な作品で、会社員時代の朗読会もこの作品からスタートしている。

そして『赤い蝋燭と人魚』である。恐ろしい顛末は、結局誰が悪かったのか、人間の弱さや裏切りに対する神の怒りか。一体この世の何が罪なのか。かつて初めてこの作品に触れた時、そんなことをぼんやり考えた。けれど母になった時、まったく予想外の部分に反応した。人魚の母が、暗い北の海の中で人間の世界に救いの光を見る、物語が始まる前の何気ないシーンだ。子供たちに読み聞かせをしながら涙が止まらなかったのを覚えている。自分の身命を賭してもこの子の人生を光のもとへと願う気持ち。子供と光との関わりを夢見て、異なる存在であっても許されることを望む母の気

持ち。一条の光に導かれる母の思いに胸が詰まるほどであった。

どの作品にも「暗闇の中の明かり」の風景がある。火の力、小さな明かりに灯される切実な思い。明かりによって浮かび上がるものを読みたいと思った。

読みは信頼する演出家の深作健太さんに見ていただいた。深作さんは私が絶対の信頼を置いている演出家だ。

長年、読みの世界で分量をこなし器用に読めるようになると、知らず知らずのうちに自分の偏見や心の奥深くが言葉に乗ってしまう。深作さんの言葉はいつも鋭い。理屈だけで完成した気になったものをまた更地に戻してくれる。自分の心の癖を正してくれる人だ。

ピアノはポッドキャスト番組「OVER THE SUN」で「希望のスンス」という曲の伴奏もしてくれた知人のジャズピアニスト、柳隼一さん。

会に必要な諸々の準備をし、同時に朗読の練習もする。練習は、社会人になって出ていった娘の部屋のクローゼットを改造したスペースにこもって声を出した。そして少しばかり気持ちの余裕が出てきたとき、ひょんなことを思いつく。

もともと、この会は「ジャイアンリサイタル」だと自分に言い聞かせている。その対価としてむしろお客様にお金を払いたいくらいだ。だからその気持ちとしてお客様に1000円のQUOカードをお戻しすることにしよう。チケット代のうち1000円分がお客様の手に戻る計算だ。その上でQUOカードはお客様が自分で使うもよし、会場内に設けた寄付ボックスに入れるのもよし。寄付ボックスに集まったQUOカードは皆さんの善意として、私がちゃんとした団体に届ける。我ながらいいアイデア。私の自己満足だけでなく、誰かのためになる会。「寄付の判断は皆さんに委ねます」とコメントを添えて、QUOカードをお客様の人数分、嬉々として用意した。

が、まず当日、そのカードを見た娘（我が良心）に、「お客様が混乱してしまうよ」と苦言を呈される。ジェーン・スーさんには、「それはミカちゃん最後の最後に客を試したんだよ。金の斧か銀の斧かと言って！」と大笑いされた。そして私たちは余白ができると必ず余計なことをするという話になった。

どうしてこうも私は大舞台に凛然と立つことに慣れないのだろう。堂々と自分だけスポットライトを浴びることに躊躇してしまうのだろう。

QUOカードを渡すことでお客様の気を散らし、朗読だけで勝負しようと腹をくくれない往生際の悪さ。一人で進んでいくためにはまだまだ胆力が必要だ。もっともQUOカードに関してはなかなかいい案だと思っているので、やめる気もないけれど。

初めての会は小さいながらも、身内や高校の同級生にスタッフをお願いし、みんなに助けられてなんとか終えた。

まだまだ成長の余地がある。この歳になって予測不可能な場所が持てるのは幸せなことでもある。

さて、次は12月。今度はどんな失敗と経験が待っているのだろうか。

ある村を訪ねた。

12月2日金曜日。ルーテル市ヶ谷教会で一人朗読会の第2回が開催される。

1回目の朗読会はアットホームな会でお客様に頼るところもあった。今度は教会の大きなホール。客席と舞台はしっかりと隔てられ、視線も容赦なく自分に注がれる。そこにかける作品も、観客が2時間集中できるもの、ライフワークとして一生読み続けられるくらいの、意味を持つものにしたい。そして舞台として完成したものでなくてはならない。

テーマは、自分がずっと問うている、どうしたら人として強く優しく生きられるのかということ。作品に内在する誰かの一生を読みしごくことで、少しでもその答えに近づきたいとも思った。

一カ月かけて題材に思い浮かぶ何作かを読み返した。

孤児だった主人公が、自立を求め愛を手に入れ、異端と言われながらも強い意志で道を切り開く『ジェーン・エア』。

その『ジェーン・エア』の中で「屋根裏の狂女」とも言われるロチェスター卿の前妻バーサを描いたもう一つの物語、『サルガッソーの広い海』。

どちらも偏見や蔑みの中で生きた女たちの物語だ。とくに『サルガッソーの広い海』は好きな小説で、荘厳な教会の雰囲気にもあっている。ただ自分とは乖離しすぎてもいる。空いた時間、図書館に通いながら、なかなか決まらずに時間が過ぎた。

そんな時、ある人と三浦綾子と遠藤周作の話をした日があった。二人は共にクリスチャンではあるけれど、キリスト教文学としては作品に違いがあるというようなことを聞き、三浦綾子の作品は『氷点』や『塩狩峠』など私も若い頃に読んでいたという会話をした。

一瞬朗読会の題材にとも思ったが、クリスチャンでもなく信仰の意味もわからぬ自分が、三浦綾子の文学を、それも教会で読むなど恐れ多く、慎むべきことであろう。

そう思い、とりあえず三浦綾子の本を手にしながらも決めきれずにいた。

が、その翌日、不思議なことが起こったのだ。

私のホームページに一通のメールが届く。それはまさに三浦綾子の小説『泥流地帯』の地、上富良野町からであった。

読めば、三浦綾子読書会と縁があり、「泥流地帯読書会」を立ち上げたともいう。そしてこの町で朗読会をやってもらえないかというではないか。

こんな偶然があるものだろうか。ただの偶然の一致と言えばそれまでだ。でももう、なんの根拠もないのに、三浦綾子の本に呼ばれているような気がした。

『塩狩峠』『銃口』と読み終えて手に取ったのは三浦綾子の『母』という作品だった。

小林多喜二の母、セキが、三浦綾子に語った回顧録。

秋田の田舎で小作農家として生まれ、多喜二を生み、息子を愛し、息子の報われない死を見てもなお、息子を誇りに思い続けたセキ。多喜二亡き後はどうして神様はあんなことをしたのかと思いながらも、キリスト教に救いを求める。

読んですぐに、自分がセキさんになっていくのがわかる。

雪深い寒村の秋田の風景、子供を守りたい。子どものためならと思う母の気持ちに胸がえぐられる。そして秋田出身の私の体に、セキさんの秋田訛りの言葉が染み込んでいく。

ああ読みたい、これを朗読したい、と思いながらページをめくった。

これは社会主義者、共産主義者の小林多喜二の物語でもある。そしてキリスト教の信仰心の話でもある。思想がなく、信仰する宗教もない私には、難しいかもしれない。きっと数多の解釈に追いつけないまま舞台に上がることになるだろう。

多喜二があれほどの仕打ちを受けたのに

「右翼にしろ、共産党にしろ、キリスト教にしろ、心の根っこのところは優しいんだよね」と言うセキさんの赦しの言葉の意味もまだわからない。きっと読んだ分だけ迷路に入り込んでいくのだろう。それでも、この作品に向き合ってみたいと思った。

そして、小林多喜二の母セキさんが生まれた地を訪れた。ずっと仕事が詰まっていて東京を離れることが難しかったけれど、それでもどうしても小林多喜二やセキさんが暮らした空を見てみたかった。同じ場所で風を感じたかった。

秋田県、旧釈迦内村《しゃかないむら》。国道から村に入っていくと、もう車も人もいない。

セキさんが嫁入りし、多喜二を生んだ小林家があった場所は、今は小さな無人の駅になっている。そしてその駅の前に、小林多喜二生誕の地という石碑があった。この石碑が立った時、セキさんもここを訪れ、この辺りを夫と藁草履を履いてトロッコを押していたことを懐かしんだ。多喜二も小さい頃、ここの景色を見ていた。多喜二は監獄に入れられたとき、この地を思い出したに違いないと、セキさんも言っていた。

ここから、多喜二の人生が始まった。そしてセキさんの信仰の道も始まったのだ。

ここが二人が過ごした場所。辺りをぐるりと見渡しながら深呼吸をした。もうすっかり秋めいて、何匹ものトンボが飛び交う中にある石碑に手を合わせながら、自分が今ここにたどり着いたことの意味を感じていた。

以前からこの会でのピアノ演奏をお願いしていたピアニストの川田健太郎さんに、作品を三浦綾子の『母』に決めたことを伝えると、「モスクワ留学時代、バイブルのように三浦綾子を読んでいて何度救われたかわからない。北海道の三浦綾子記念館にも何度も行った。『泥流地帯』の場所も訪ねた。三浦綾子の作品に携われるなんて本望です」と言って喜んでくださった。

これもまた偶然である。

そして今、演出の深作健太さんの下で、多喜二と母セキさんの思いが大切に表現され、そのメッセージは見知らぬ誰かへと渡される。

こうやって、偶然を必然に変えていく。

今この作品に出会えたことも不思議である。何かに導かれたようでもある。でもきっとすべてのことに意味がある。そうとしか思えないのである。

8月26日
「流れる」という映画を見た。

今日は電車で通勤途中「流れる」という映画を見ていた。というかこの作品が好きで、もう何度も見ている。幸田文原作、成瀬巳喜男監督で、芸者置屋を舞台に花柳界にいる女たちの日常を描いた物語。

田中絹代、山田五十鈴、高峰秀子、杉村春子、岡田茉莉子と、豪華女優陣たちの存在そのものが風雅で匂い立つようであり、何気ない仕草の一つ一つは端正で、浴衣を着れば帯の結び、お茶を飲めば道具の扱いと、すべてに目を奪われる。

しかしなにより私がこの映画に惹かれる一番の理由は、ほとんどが女だけの日常会話で進んでいくということ。

それも、終始屈託なくテンポのいい会話。なんとも耳あたりが良く、それでいて音ははっきりと響く。

その上、「お門違いよ」とか「用心がよくないわ」とか、もう使うことも少なくなった枠で洒落た言葉のシャワーをこれでもかと浴びることができるのだ。

朗読を勉強し始めた頃購入した、向田邦子さんの『父の詫び状』の朗読CDに付録として付いていた、読み手である渡辺美佐子さんと向田邦子さんの対談も秀逸だった。二人は旧知の仲なのに「～しましてね」とか「さようでございますか」みたいな上品な語尾を使っていた。それは初めて耳にする小気味良い音で、聞きながらその会話に惚れ惚れしたものだ。


小さい頃から耳にしてきた秋田弁は、口を上下左右しっかりと開けて発音しないから音自体が曖昧。そして発した音は口内にこもる。だから私はずっと、明瞭な音に対して憧れがある。

そして、ギリギリ〝しゃべり手〟の淵に立っている者として、昔の映画やシナリオの置き土産から、今は消えつつある宝のような言葉を探し出すことが、趣味でもある。日本語として心地よく耳に響く数々のイカした言葉遣いをストックしてはいるが、残念ながら未だ使う場所はない。

例えばだ。もしこちらも渡辺美佐子さんと向田邦子さんの仲に負けず劣らず旧知の仲、ジェーン・スーさんとの会話を「流れる」風にしてみると。

――ポッドキャスト「OVER THE SUN」本日配信エピソード99冒頭より文字起こしに耐えうる程度に抜粋

「今週暑かったね。辛い暑さでした、東京」

「なんか雨も降ってませんでした？」

「あー、それはね、月曜日か、週末は降ってたんですよ」

「でも気持ち、秋になってきました」

「暑いからさ、私これ今年三本目、小林製薬の『服の上から極寒スプレー』。熱中対策って書いてるから、あっつい時にこれを服の上からぶしゅーってスプレーして、一瞬で涼しくなるって」

「ねー、なんで近寄ってくんの？　あたしに。ねえちょっと！」

ぷしゅー。

「ねー！　虫みたいにしないでよ」

「ちょっと黙ってて。すっごい涼しいでしょ、これ」

が、

「毎度お世話さま。しごんちまえか、おあつうございましたでしょう。こんなあつくっちゃ、やりきれないわよ、東京も」

「あら、姉さんおこごとですか。お湿りだってあったわよ」

「月曜だったかしらねえ」

「だからね、秋になったっていって、知らん顔してりゃいいのよ」

「じょうだんばっかり。あたしなんてさ、この小林製薬の熱中対策っていうの？　ずいぶん助かってんのよ。あっつい日はズロースの上から、始末つけりゃいいんだからね。あんたもこれ頼まれて欲しいのよ」

「親切よ。ねえさんって人は。でもそんな無粋なことしますかって。そんなご身分じゃございませんしね」
プシュー
「やめてくださいな。とんだ不調法よ。虫じゃあないんだから」
「外まで聞こえてよ。でもご立派にできましたこと」

となる。


なんとため息の出る会話か。

そこにはもう50歳の私たちが簡単に多用してしまう「やばくね」とか「うけるわ」とか「まじで」という言葉の入る隙などこれっぽっちもない。

当時の山田五十鈴も高峰秀子も、向田邦子も、私たちよりずっと年下の30代とか40代だった。もうそろそろ、言葉遣いぐらいは、背伸びしていいと思う。

はてさて、私たちにもいつかこんな風に粋な会話ができる日は、やってくるものなのだろうか。

8月30日
「3本取材があって現場から現場だった」と言った。

本日、近年稀に見る、恥ずかしい言葉を口にしました。

夕飯の約束をして店で先に待っていた知人に「忙しかったんじゃない？」と聞かれ、なんと、こともあろうに、

「今日3本インタビューを受けて、現場から現場で……」

と、まるで売れっ子識者のように呟いたのだ。なんて恥ずかしいセリフ。

もし私が安直な作家なら、この〝何様？〟なセリフを自己過信甚だしい登場人物に言わせて、周囲の者に、「天狗すぎる」とか「ドヤ顔するな」など壮大にツッコませる。

自慢気に聞こえたかを心配したのではない。その言葉を口にした後、取材の内容を

意気揚々と話す自分自身に寒気がした。

フリーになってから、雑誌や新聞、ネット、さまざまな媒体から取材の依頼が続いている。こんな私に取材など恐縮だと思いながらも、ありがたいからできる限りは受けるようにしている。仕事のこと、子育てのこと、はたまた世の中の時事についてと取材内容はいろいろだ。

良い紙面を作るため、編集者さんや記者さんたちは、それはそれは丁寧に取り仕切ってくれる。その気持ちに応えたいから、真剣に、そして多少のサービス精神ものせてインタビューを受ける。

結果、いいことしか言わない。

時にファッション誌などでは、衣装やメイクで、スタッフの皆さんが総力を挙げて、私を見るに耐えうる被写体に昇華させてくださる。それでも元が知れてるから限界はある。結果、上限いっぱいの修正を依頼。

要するに今の自分はこれ以上ないくらい下駄を履いている状態だ。

改めて、本来の自分をおさらいすると。

まず、生活はしょぼい。とくに意識の高い生活もしておらず、だいだい薄目を開けてやり過ごしてる。

そして知識は浅い。新聞はネット契約しているが、いくつかの記事をスクロールするだけ。

本は自分なりの速読法、乱暴に結論から見たりするときもある。

今若者の間で主流となっている倍速視聴は、もう何年も前から経験済み。それもオペラで。

行動も中途半端。世の中のために何かをしたい気持ちはある。しかし誰かのためにお金をすべて捧げようとか、寝食を忘れて助けようという覚悟もない。自分のミスで寄付金が口座から二口分振り込まれ続けていたことを知り、焦って一口に減らしてもらったこともある。なんてさもしい。塵くらいの正義感にすら、疑念が湧く。

だから今日、そんな薄っぺらな自分が、何も知らないくせにもっともらしく取材に答え、それを一日の良き思い出にしてしまっていることに、腹が立ったのかもしれない。

いろいろな出来事を通り過ぎているだけで、思慮深くもない。それは自分が一番わかっている。

何を捨てて、何を続けたら、上澄みだけすくい上げずに深く考える人間になることができるのだろう。すべての事象の表面ばかりを浮遊せず、うまく読み取ることができるようになるのだろうか。

もう50も過ぎた。もうじきこの世ともおさらばする（わりに生きるかもしれないが……）。それまでの時間、この未熟な知恵で、一つでも真実を理解しようと身命を賭することなどあるのだろうかとも思う。

最近よく、李琴峰《りことみ》さんの本を読む。彼女は自身がセクシャルマイノリティとして感じている、生きづらさや不条理を書き続けている。

読んでも読んでも彼女に内包される想いや考えにまるで追いつけない自分がいる。自分の想像力など何の役にも立たないのかもしれないとも思う。

彼女は言う。私たちのすべての間にある透明な膜を隔てるとき、思いは完全に伝わる事はないかもしれない。誤解もあれば、傷だらけにもなる。それでも言葉を届けたいと。

それであれば、奥底まで辿り着けなくても、拙劣な思考であろうとも、きっと私にできるのはその言葉を受け取ることではないだろうか。そして、自分もまたできるだけの言葉を届けようとすること、こうして無知を恥じていくことは決して悪いことではない気もする。

通り過ぎるだけかもしれない、事は成せないかもしれない。それでもできる限りの知らない小石を拾っていきたいと思う。

9月2日
今日、閉経を語った。

本日素敵な対談がありました。

メンバーは、元ピチカート・ファイヴの野宮真貴さん（昔お洒落な友達がヒーヒー言っておりまして、青山ベルコモンズ前に野宮さんが現れるとか現れないとかで、〝写ルンです〟を持って待ち伏せしたのはいい思い出です）。

モデルの松本孝美さん（ANAのキャンペーンガールの写真も、コカコーラのモデルの写真も飾ってました）。

そして言わずと知れた渡辺満里奈さん（名前だけでなんたる金字塔感）。

あとはいつものジェーン・スーさんと私。

自分が若い頃、異次元の領域で活躍されていた野宮さん、松本さん、満里奈さんと対談する日がくるなんて、誰が想像したでしょう。

それもお題はまさかの「閉経」について。このハイパーインフレともいえる事態に、自分が閉経しそうです。


女にとっての閉経。それは諸行無常の響き。驕れるものは久しからず。驕った覚えもないけど、とにかくいつかは終わります。

昔、ピアノのレッスンから帰ってテレビで「大草原の小さな家」を見るのが楽しみでした。いつだったか、母親役のキャロラインが閉経を迎えひどく嘆くシーンがあり、子供ながらに得体の知れぬ生理というものが終わるのは、人生において悲壮なことなのだと理解しました。

自分の母から生理の話を聞いたことも、母が生理用品を手にしているのを見たこともないから、私にとっての生理は他聞をはばかる不浄のことでもありました。

〝アレ〟とか〝月のもの〟とかいう婉曲表現を使い、まるでなきもののようにやり過ごしてきたのです。

それが本日、憧れのお三方と明朗なジェーン・スーさんから爽やかに繰り出される閉経の4文字。

事情があって自分で閉経を選ばざるを得なかった方、閉経を待ちに待っていた方。さまざまな閉経物語のメールを読みながらも、こんなに素敵な面々が閉経をオープンに語ることの威力。

新世紀の幕開けのようでもありました。


閉経の平均年齢は50・5歳だそうです。また更年期は閉経の前後5年と言われていて、ホルモンバランスの崩れから不定愁訴が続く時期でもあります。私は今ちょうどその50・5歳。閉経どんぴしゃ界隈にいるのか、ここ何カ月、時々ひどくやる気がなくなる日があります。

何も見たくない食べたくない行きたくない。挙げ句の果てに、「どうして自分は存在しているんだろう」などと憂い、まるで多感な思春期のよう。最近ではそんな怠惰な自分を責める日すらあります。

そのことを話すと憧れの先輩方からたくさんのアドバイスをもらいました。

「女性ホルモンを調べてもらって自分の状況を把握してみては？」「エストロゲンの

欠乏を防ぐためには、子宮の中にミレーナというリングを入れる方法もある。それが難しければ、ホルモン補充療法としてジェルやシールで経皮吸収させてる人もいるみたい」「イソフラボンの摂取のためにエクオールという市販されている錠剤が先輩方の周りではやっている」などなど。

自分の不調がすべて、閉経と関係しているわけではないでしょうが、具体的な解決法を明示されて、また、同じ道をすでに辿っていらっしゃる先輩方の話を聞いて、ももやもやが晴れていくのを感じたのです。

きっとこんな機会がなければ、生理のことも閉経のこともなかったことにして、そっと地中深くに埋めていました。そうやって、誰に話すこともなく一人で不調に耐えてきた人たちもたくさんいるのだと思います。

どうして私は生理や閉経という言葉を人前で話すことが、はしたないことだと思ってしまったのでしょうか。

私たちの生理。私たちの更年期。私たちの閉経。みんなでオープンにし、仲間や先輩の助言の宝箱をどんどん開けていけばいいのです。

会の終わりに「閉経による不調はこの先ずっと続くんですか?」と先輩方に質問すると、「大丈夫よ、いつか終わるから。でもそれが終わったら新しい不調がくるけどね。骨が折れやすいとか、口が渇くとか」とおっしゃいました。

なんという新しい悲報!

この先、女性としての衰えはもっとあるでしょう。それは公言するのも恥ずかしいことなのかもしれません。でもそれを一人抱えることなく、頼れる人や頼れるものに、ちゃんと頼っていきたい。

早速私は〝エクオール〟を飲み始め、ホルモン検査とカウンセリングの予約を入れたのです。

9月9日
ここ何日か、何もやりたくない。

ここ2、3日、もう何もやりたくないと思っている。ただ仕事があって、依頼先に迷惑をかけないように結果を出そうと、それだけで体が動いている感じ。だから仕事には感謝。あとは正直すべてのことが、どうでもよい。

これを更年期というのか、ただただ栄養が足りていないからなのか。

ポッドキャスト番組「OVER THE SUN」でも話をしたが、この状態は私に時々訪れる。

家族を送り出した早朝、情報番組を見ながらカップ麺を食べ、そのままソファで魂を抜かれたように横たわることもある。空の容器越しにテレビを見ながら、自堕落な自分に悲しくなり、果ては、この番組はいらない、このテーブルも、この花も、ダメな自分も全部いらない。すべての存在が悲しく思えてくると、いよいよ絶望的。肉体から意識がなくなっていく。

でもきっと誰かはわかってくれるはず。皆が皆、毎日溌剌《はつらつ》と過ごしているわけではないと思いたいし。

今日もいつも通り新橋で仕事をして、本当はそのまますぐに家に引きこもり、ソファに倒れこみたかったけど、ちょっとだけ頑張って、遅めのランチでもしようと思った。

TBS時代、よくナレーション帰りに時間を潰した「銀座北欧」という喫茶店。おじさんの憩いの場。店内は少し暗くて、煙たくて、忘れられた穴蔵みたいで。全然おしゃれじゃない、千切りキャベツがたっぷり入ったサンドイッチが美味しい店。

でもその場所に行ったら喫茶店はもうなくなっていて、昔のレンガの入り口だけを残して、すっかり綺麗なコンビニに姿を変えていた。

やっぱりね。疲れた。余計なことはしないで家に帰ろう、と思って歩いていたら、その先に小綺麗になったあの「北欧」の看板が見えた。

リニューアルした店内は、眩しいくらい明るくて少し落ち着かなかったけど、いつものキャベツ入りサンドイッチはそのままだった。

でも食欲もないから、全然食べられない。店員さんが「持ち帰りますか?」と言って包んでくれた。優しい。全然なかったバッテリーのパーセンテージが2パーセントから4パーセントに増えた気がした。

地元のコンビニでなんとなく「バブ」を買った。カモミールとかオーキッドとかいろんな種類が入っていて、綺麗なパッケージをレジで見ていたら、また、1パーくらい上がった気がした。帰ったらゆっくりお風呂に浸かろう。
いや、やっぱりいいや。なんか面倒。
そんな風にして何もしたくないなりに、少しずつ少しずつ、ほんの小さなことで、充電量を増やしていく。アイコンはまだまだ赤表示のままだけど。

あと2、3日、揺らぐ時間をやり過ごしていれば、来週くらいには少し調子が出てきて、はたまた再来週くらいには、やる気もみなぎるはずだ。そうやって感情の機微に歩調を合わせる。なんだか春夏秋冬季節の移ろいにも似ていて、今がどの季節なのかもさっぱりわからないけれど、この先また大きな打ち上げ花火を見ることもできるかもしれない。

私はこの鬱々とした時期がそんなに嫌いでもない。もう何度も繰り返しているから、元気な時期にいろいろニンジンをぶら下げて置いたりもする。

2カ月後には、娘が抽選で当ててくれた斉藤和義さんの地方公演。その後には、知人に誘われた安全地帯のコンサート。

今、このニンジンに即効性はないけれど、娘とどこに泊まろうか、知人と何を話そうか、準備をしているうちに、だんだんじわじわ効いてきて、また浮かれたり、はしゃいだりする自分が戻ってくるはずだ。

だから今は、何にもやりたくない日々も、これはこれでよしとしておこう。

10月6日
ポッドキャスト番組「OVER THE SUN」のイベントがあった。

2年前、ラジオのレギュラー番組が立て続けに終わった。11年続けてきた「久米宏ラジオなんですけど」とジェーン・スーさんとやっていた「ジェーン・スー生活は踊る」。

「生活は踊る」に関して言えば月曜~金曜日の放送のうち、私の担当日だけが終了。もう大人だから平気な顔もしていたけれど、自分一人だけが番組から出されることに少し傷ついてもいた。

前にも書いたが、私たちの仕事は改編時期のたびに、新しい番組を担当したり卒業したりが日常茶飯事である。だから番組からの卒業をいちいち憂うべきではない。それでも時をおかずして二度、偉い人から別室に呼ばれ、「お疲れさま」と告げられるのは、なかなかこたえた。

ジェーン・スーさんが「生活を踊る」を去る私に「ミカちゃん、ポッドキャストをやろう」と提案してくれたが、それは私への慈悲の言葉のように聞こえたし、世の中でマイナーに盛り上がっているポッドキャストは、へこんだ自分を奮いたたせるようなものでもなかった。それほどに心が屈折していたのだと思う。

それでも当時「生活が踊る」のプロデューサーだった久保田聡平君が、アナウンサー出演NGだった配信プラットフォームへの出演のお膳立てをしてくれて、スーさんの「ミカちゃんこれからはポッドキャストだよ」(当時)という声かけのループを浴び続けたこともあり、とりあえずポッドキャストという場所に身を置いてみることにした。

そうやって「生活は踊る」最後の担当を終えた日、ポッドキャスト番組「OVER

「ＴＨＥ ＳＵＮ」は静かに始まった。

ジェーン・スーさん、腐れ縁の構成作家古川耕さん、プロデューサーの久保田君、ディレクターの中野君。本業以外の地下活動として、懐かしのドラマ「ショムニ」のように、旧備品倉庫に集まった感じ。

手渡された台本は紙一枚に挨拶だけが書かれ、所在なげで、台本と呼ぶには少し頼りなかったけれど、私とジェーン・スーさんはくだらない話をこれでもかというほどした。古川さんは隣で「馬鹿だね」と笑っていた。言葉遣いとか番組の流れとか、喋りのプロとしての決めごとも忘れてグダグダと、でも最高に自由な、ラジオ同好会のような収録だった。

そうやって悲しいこと、苦しいこと、あらいざらい話して、ふざけてみたり、忘れてみたり。そんなことを繰り返していたら、１００回になった。

そしてそれは、２年間、１００回の間、楽しくないはずがなかった。

１００回になった記念に、大きなイベントを開いたら、会場にも配信にも、たくさんの人が集まってくれた。

イベントは「OVER THE SUN」らしく大きな予算も仕掛けもなかった。それでもスーさんも私も、スタッフも、せっかく来てくれる互助会の人たち（番組のリスナーは一般的にこう呼ばれている）に喜んでほしくて、詰め込めるだけ詰め込んで、蓋を開けたら、主旨を間違えた誕生会みたいになってしまった。

オーバーメイツと名付けた同世代のチアリーダーやビンゴ大会ではしゃぎ、林家八楽さんの紙切りを凝視し、メールに頷き、秋川雅史さんの歌に泣いたり。

さながら浮き沈み激しい、私たちの気持ちを表すような時間。舞台から客席の顔を一人一人見ていると、たった2年なのに苦楽を共にした仲間に思えてくる。

みんな、いろんなことがある人生だろう。「負けへんで」と自分を奮いたたせ、自分に力がない時は、ここにいる誰かに支えてもらえばいい。嫌になったら離れればいいし、余裕ができたら戻ってくればいい。

たまたまみんなが賛同してくれて「OVER THE SUN」という場所が生まれた。でも私たちは、何かを押し売りする気も、高らかに謳い上げる気もない。ただただこの場所で、できるだけふざけていたい。そんな風に思った。

この番組のスタートの日、こんなイベントができるなんて思ってもみなかった。ジェーン・スーさんと、落ちても這い上がろうぜと自分たちを鼓舞した。でももう這い上がることにあまり興味はない。

捨て駒になっても、いなくていい存在と言われても、「それが何か？」と言いながら、自分勝手に、やりたいことをやる。それがどんなに楽しいことかを、私たちは知ってしまったのだから。

運動会、のど自慢大会、旅行にバザー。これから何をしようか。リスナーとみんなで集える場所もほしいし、他にも互助会パワーで何かを成し遂げていける気もしている。

何が待っているかはわからないけれど、みんなで笑って「Au revoir!」と太陽の向こう側を目指したいと思うのだ。

そして、あの時「ミカちゃん、私たちはポッドキャストだよ」と何もかもよくわかっていた、ジェーン・スーさんに心からの感謝を言いたい。

10月10日
「OVER THE SUN」でいうところの互助会現象のようなもの。

10月から、SmartHR「ウェンズデイ・ホリデイ」という新しいポッドキャストのレギュラー番組を担当することになった。毎回ゲストを迎えて、それぞれの働き方や社会との関わり方などについて話をうかがう番組。

初回のゲストは、ジョンズ・ホプキンス大学で修士を取得、マッキンゼーや製薬会社のノバルティスファーマ、株式会社ほぼ日を経て、現在はエール株式会社で取締役を務める篠田真貴子さん。なんと華々しい経歴であろうか。プロフィールを拝見するだけで自分との生まれながらの能力の差をまざまざと感じる。

そして2回目となるゲストは、元TBSテレビ、現、関西テレビのドラマプロデューサー佐野亜裕美さん。「カルテット」「大豆田とわ子と三人の元夫」など数々のドラマを手がけてきた方。同じTBSに所属していた時代は、手がけるドラマをすべて成功させる敏腕プロデューサーというイメージで、こちらも神から才能を与えられた雲の上の存在。

でも、お二人の生き様を知り、お話をうかがい、彼女たちが現在地にたどり着くまでに挑み続けた時間、感情を押し殺してきた時間を想像するとき、それはいくばくかの紆余曲折の中にあったことがわかる。才能とか、世界が違うなどという簡単な言葉で、自分と分け隔てることがどれだけ失礼なことかを理解するのだ。

篠田さんは1on1という相手の話を聞くしくみで、組織と属性のジレンマを取り除き、心地よく働ける場所を作ろうとしている。自分も経歴で見られてしまうことに居心地の悪さを感じ、「肩書きで判断されない世の中を作りたい」とおっしゃっていた。

そして佐野さんは、「微力ながら、現場の未来のために戦い続けたい」と言っていた。佐野さんにはかつての現場で受け入れがたい過去があった。「でもそれをさらけ出し、理不尽に許容されてしまっていることを少しずつでも変えていきたい、女性が一個人として生きていきやすい、いや女性だけでなくいろいろな人が足かせから解放されていくようなドラマを作りたい」と話した。

どちらの女性もその行動の先に、見知らぬ誰か、未来の誰かの呼吸がしやすくなるようにという思いがある。

世の中にある息苦しさ。それに気づき苦しんでいる人、無関心でいる人、それぞれの思いは難解に混じり合う。時に勇気ある発言ですら指弾され、萎縮することもある。だが虎視眈々と畑をならし、種をまき、変化を育て続けている人たちもいる。

そしてそれは長い時間を要するかもしれないが、いつかちゃんと実をつける。

ドラマ「大豆田とわ子」にハマっていた友人がいた。佐野さんがゲストにいらっしゃると聞いて、あのドラマのどこが好きだったのか聞いてみた。

彼女は「こんなことを言うのは恥ずかしいけれど、自分はとわ子に似てるんだ」と言う。私は少し驚いた。彼女は専業主婦であり、服装も考え方も控えめ。毎日鮮やかな洋服を着て、女社長で、離婚経験が3回もあるという設定の大豆田とわ子とはまったく違うようにも思える。

でも「ラジオ体操がうまくできないところとか、ため息をつきつつもしょうがないなと周りを認めてしまうところとか、とわ子と同じ。そしてもう50歳を過ぎてるけど、あのドラマを見て自由に生きる自分のことを初めて考えた」と彼女は言った。

そうやってその彼女に、佐野さんの種はちゃんと届いていた。

今ある、窮屈さや苦しみ。ポッドキャスト「OVER THE SUN」の互助会もそうだけれど、互いに声をかけ合いながら、少しずつ、みんなでしれっと底上げをしていければいいと思っている。そういう力が私たちにはある。

今は他人のために何かしたり、声をかける気力すらないという人もいるかもしれない。でも大丈夫だ。自分のペースでいい。私たちは競技場のトラックを走っている。速く走る力のあるものは、人より何周も多く走る。そして後から来る人に出会うごとに、声をかける。道もならす。決して誰かを置いていくことはない。

そうやってそれぞれが正しいと思うスピードで進んでいけばいい。新しい世界はその先に、きっと見えてくるはずだから。

10月14日
毎週金曜日はここ何年もずっと「メタウォーター presents 水音スケッチ」の収録の日。

いくつかの番組でナレーションを担当しているが、その一つに「メタウォーター presents 水音スケッチ」という番組がある。TBSラジオでスタートして8年目。放送回数も2000回が見えてきた、私にとって、とても大切な番組。

もう200カ所以上にもなるだろうか。日本各地の水風景とゆかりのエピソードを紹介してきた。そのすべての場所に直接赴き、音と写真を撮ってくるディレクターには頭が下がるが、私はといえばナレーションで風景を想像しながら「いつかこの場所を訪ねたい」と思うだけで、なかなか足を運べずにいる。

その代わりと言ってはなんだが、日本中の川や湖のライブカメラを見るという趣味ができた。時々、夕方の十和田湖とか、最上川とか、キラキラと輝く水面をただただぼーっと画面越しに見る。

ああ、私がこんなに急いでいても、水面はどこかでたゆたい、水は語りもせず流れていく。昔習った「ゆく河の流れは絶えずして、しかももとの水にあらず」という『方丈記』の無常感も、今なら心に染みてくる。

学生の頃、川沿いを自転車で学校まで通っていたことがあった。川幅は河川敷まで入れると400メートルから500メートルくらいあっただろうか。その脇に遠くまで伸びる細いサイクリングロードを5キロほど走る。

中学生の自分には川沿いの自転車通学は苦痛でしかなく、時々堤防のふきのとうや、コスモスが暇つぶしになることはあっても、悠然と流れる雄物川《おものがわ》も、たっぷりと水で潤された田んぼも、退屈を助長するものでしかなかった。

今は泰然と流れている雄物川が、かつて海産物や米などの水運が盛んに行われていたことも、江戸時代には大きな河岸場《かしば》があった賑やかな川だったことも、すべてこの水音スケッチのナレーションから学んだ。


妹から、夫の目の調子があまりよくないんだと連絡をもらい、義弟のことを心配しながら入ったスタジオで、京都柳谷《やなぎだに》観音《かんのん》楊谷寺《ようこくじ》の水風景の原稿を渡されたこともあった。

母猿がここの湧水で小猿の目を洗っていた。弘法大師（空海）が加持祈祷し霊水「独鈷水《おこうずい》」となった水が、潰れた小猿の目も治した。楊谷寺は目の観音様と呼ばれている場所だという文章だった。

これはと思い、収録が終わりすぐに妹に「眼病平癒の霊水を見つけた」と電話をして、すがる思いで二人で京都へ向かった。

楊谷寺の奥まったところ、石畳が敷かれ洞穴のようになったひんやりとした場所に、信仰の水は湛えられていた。

妹はその霊水を前に夫のために目を閉じた。同じように手を合わせる人もまた、何かを思い、静かに水をくんでいた。そこには柄杓《ひしゃく》から落ちる水音だけが響く祈りの空間があった。

先日は、友人とようやく郡上八幡《ぐじょうはちまん》を訪れることができた。水音スケッチで郡上八幡の水風景のナレーションを読んでからずっと行きたかった場所だった。

水の郷と言われる街。町に水路が張り巡らされ、400年前から使われてきた水舟という仕組みが有名で、水とともに日常生活がある。夏は子供たちが橋の上から元気に川に飛び込み、水遊びをしたりもする。そこかしこで、躍るような水音も聞こえる。

私と友達はレンタサイクルを借りて、街を回った。用水路の水は透明で、水面に家々を映している。手をつけてみるとひんやりとしていて気持ちがいい。

郡上八幡の街中にある橋の上で自転車を止め、しばらくの間、友達と二人、無言で吉田川の流れを見つめていたりもした。透明な川底の小さな石まではっきりと見える。肌に当たる少ししっとりとしている川風は、ゆっくりと心を清浄にしてくれた。

こうやって、水音や水風景に自分がリセットされていくという時間の効能。洗礼による魂の浄化や滝行のような精神修行からは遥か遠いけれど、水面を眺め、「よどみに浮かぶうたかた」を感じれば、感情の波はなぎ、おのずと明鏡止水《めいきょうしすい》の心持ちにもなる。

私たちの周りに当たり前のようにある水の恩恵に感謝しながら、それぞれの土地の水音に巡り合う。これから自分の旅の一つのモチーフになっていく気もしている。

いつの日か、夕日が沈む宍道湖《しんじこ》の静けさに耳をすませて無我を知り、またいつかは鳴門海峡で渦潮の激しさに命脈を感じたい。

2000個近い水風景は果てしないけれど、少しずつ訪れてみたいと思っているのだ。

ということで、「メタウォーターpresents 水音スケッチ」はTBSラジオで平日月曜～金曜のお昼12時26分ごろから毎日放送中です。

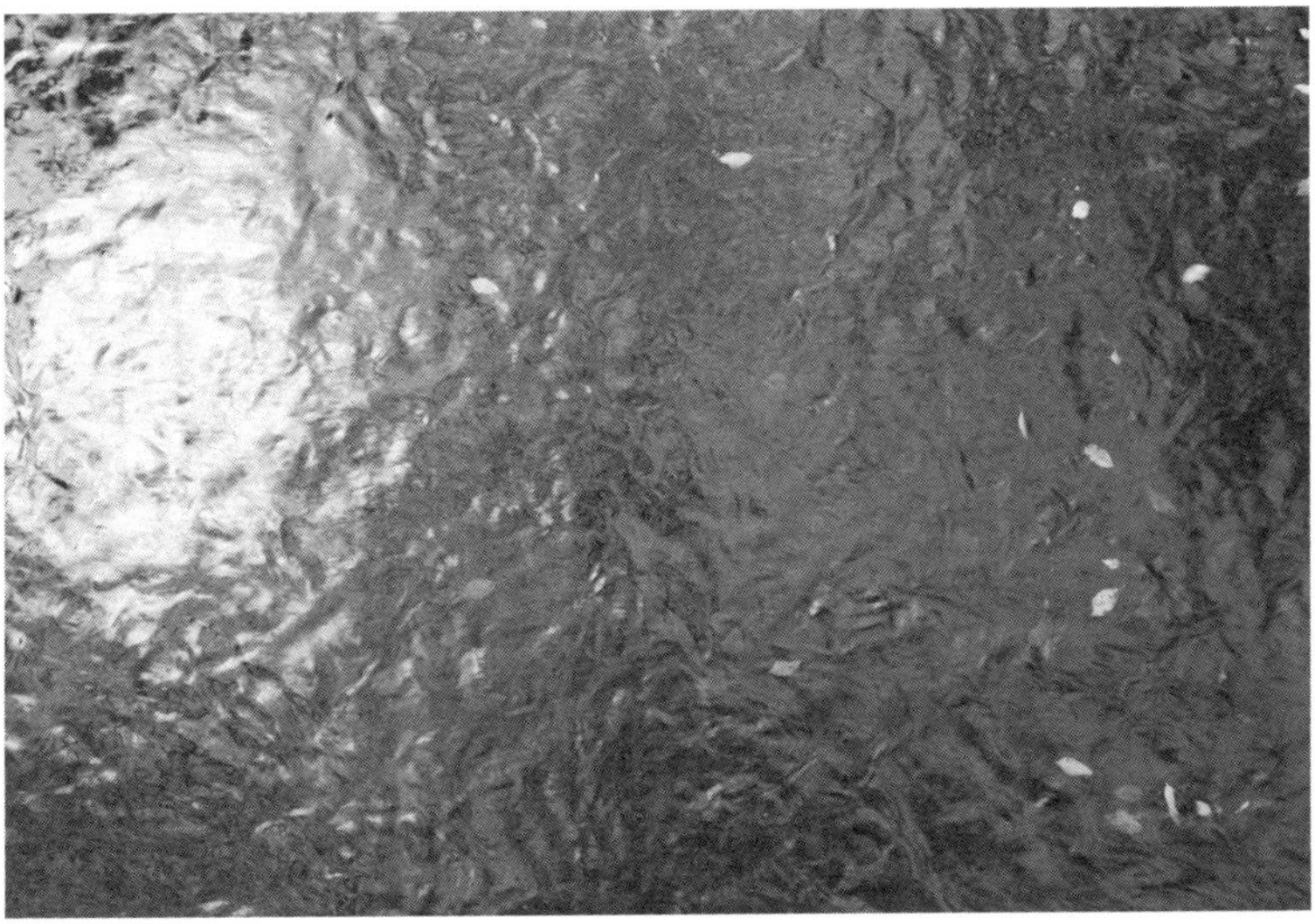

渾身のナレーションと共に、あなたも耳で水音の旅を、是非（長年スポンサーを務めてくださっているメタウォーターさんに心からの感謝を込めて）。

10月30日
わたしの東京。

18歳で東京に出てきた。大学卒業後、就職をし、いくつかのライフイベントをすませ、もう長い時間を東京で過ごしてきた。それなのにずっと、東京観光をしているような気持ちでいる。東京で自分に起きていることのすべて、結婚や子育てですら、旅の中のオプションのように思えてくることもある。

それでも得体の知れない自分がこまごまと舞台の上で動けば、進んでいく即興劇の中で役ももらえた。意味を見出そうなどとは思わなかったが、ここにいていいのだと許されている気もした。

そして私はあっという間に50歳になった。背伸びをして通った喫茶店も、周りにいたあの人たちも、自分の記憶に残る東京の風景は、少しずつなくなっていった。でも東京は、そんな移り変わりに微動だにしない。そして私は、そんな東京が作りだす健全な変化の中で、ずっと時間の間借りをしてきた。

先日、広島から7年ぶりに義父が上京して来た。築地で寿司を食べ、両国で相撲を見て、夫と私は、ありったけの「東京」をプレゼントした。寿司屋のカウンターで三人肩を並べ、もう85歳になる義父は「愉快、愉快。冥土の土産ができた」と笑って、少し目に涙を浮かべながら喜んでいた。夫は夫で、義父が好きな将棋を一緒にしようと、重い足付き盤を銀座の宿泊先まで運び、父の好きなつまみを用意した。そうやって、父の体を気遣いながら、たった2日間に、思い出を詰め込むだけ詰め込んでいた。

あんなにも幸せそうにお酒を酌み交わす親子なのに、愛する息子は東京で過ごし、尊敬する父は故郷で老いていく。そこには東京という存在が隔てるそれぞれの時間がある。その時間の中で、私たちは、ふわふわと足を空回りさせたまま、東京と添い遂げる覚悟もなければ、東京を途中下車する決断もできずにいる。

あの日、磁石みたいに東京に吸い寄せられ故郷を出たときに、こうなることはわかっていたのに。

築地で育ったという大将は、「そうですか、広島からですか」と言いながら、「江戸前鮨なら是非コハダを」と言って握ってくれた。「コハダの状態やここらへんの天気によって酢の量や〆かたなんかを微妙に変えるんです。江戸前の職人ごとに、こだわりも味も違いますね」と言いながら目の前に出してくれたコハダは、なんとも涼しげで錫色に輝いていた。口に入れると爽やかな酢の香りが鼻へ抜ける。軽やかな食感も、程よく上品な旨みも、私が想像する東京そのものだった。初めて食べるコハダの握りに、また観光客のような面持ちになり、相変わらず東京人になれないでいる自分を実感した。

私たちは東京にたくさんのものをもらってきた。東京に育ててもらった。いつかまた大切な何かに引き寄せられて、勝手にここを出て行っても、東京は何も言わないだろう。

そうやって、流れ行く時間に仮住まいしていた私たちのことなど、すぐに忘れてしまうはずだ。

だって東京はきっと、私たちがいたことなんて気に留めてすらいないのだから。

11月4日
着物のこと。

もう7年くらいになるだろうか。浅草の元芸者さんのところで着物の着付けや、その他あれこれを習っている。留学先から帰ってきた娘が着物に興味を持ったこと、ちょうどその頃その元芸者さんと知り合ったご縁で、最初は娘が通い、そのうちに着物を着られないならお母さんも習いにいらっしゃいよということになった。

母から嫁入りの時に送られてきた着物が、桐箱に入ったままになっているような私は、まあ、何カ月かしてささっと着られるようになったらいいかな、くらいの気持ちで通い始めた。

しかしあれから7年。かなり長い間通っているが、まだまだ着物を完璧に着こなせない。

「芸事は時間をかけて繰り返さないといけない」というのが、元芸者でもある先生の言葉だ。

お稽古の日は、うかがうと「まずは一息つきなさい」と言われ、お茶をいただく。30分とか1時間とか先生とゆっくり話をする。先生の芸者時代の話とか、先生が最近思っていること、そして世の中のニュースのことまで話題はさまざまだ。

そのあと着物のお稽古を1時間くらいして、終わるとまたお茶をいただきながらの長い雑談。先生はその間、姿勢を崩すことなくしゃんと座って、テレビに目をやったり黙っていたりもする。

なにしろ忙しい時は分刻みで動いている私だ。この平日の午後、スマホに触ることも、仕事のことを考えることもせず、パタリと時が止まってしまう4時間に、最初のうちは気が気ではなかった。

お稽古の進み方も早くはない。通い始めてからは、雑巾のかけ方、お茶の入れ方、ご挨拶、立ち居振る舞いから始まり、たくさんのことを教えていただいた。そして足袋、おこし、肌襦袢とゆっくりゆっくり着付けのお稽古が始まり、着物そのものに触れるようになったのは習い始めて半年くらいたった頃だと思う。

大きな着物スクールのように効率的なカリキュラムで覚えられるようにはなってないから、すぐに新しいことも教えてくださらない。一度私が「動画で先生の着方を撮っちゃっていいですか？」などとアホなことを言ったが、「そんなことしても何にもならないわ」とたしなめられた。

日常で着物を好んで着るわけではないが、肌襦袢や長襦袢などお稽古で着たもの、たまにお出かけで着たものなどは、こまめに洗わないといけない。洗濯機に放り投げるわけにもいかないから、手洗いする。とくに半襟は一度縫いつけたものを取りはずし、手洗いの後、もう一度縫いつけてアイロンをかけて、という膨大な手間を要する。

娘の成人式の着物をあつらえる時も、先生にお世話になった。

先生は、今日は加賀屋さんで着物、今日は辻屋本店さんで草履、今日はかづさやさんで下着、と一つずつそろえた。先生と娘、私でお店に入ると、先生の顔なじみのお店の方たちとの世間話から始まって、長いことお店であれやこれやと時間をかけて選ぶ日々。

成人式の着物など、今時ならネットで一式、数分でそろえられる。でも先生はすべてに娘を同行させるようにとおっしゃって、何カ月もかけてすべてをそろえた。

とにかく先生はすべてに時間をかける。

あえて時間をかけているようにも思える。

それでも私が7年も通い続けている理由は、この一見マイナスとも思えるすべてのことに意味があることを知ったからだ。

稽古前と稽古後のお茶の時間は呼吸を整え自分をコントロールするため。

何度もしつこく繰り返すお稽古は、頭でなく体に覚えさせるため。

手縫いで半襟に三河芯《みかわしん》をいれるとそれは何より気持ちがよいし、時間をかけた成人式の誂《あつら》えは、この世の中の一つ一つに意味があり、自分がどれだけの人によってハレの日を迎えられたのかを娘に気づかせたはずだ。

先生は厳しくも丁寧に、長い時間をかけてそのことを教えてくださったのだ。先生のもとに通えて本当によかったと思っている。

そしてなにより、着物という母からの厄介な贈り物がなければ、この時間を知ることもなかった。

ここ何年か母が着ていた着物を受け継いで、お直しに出し、着てみたりはしている。それでも26年前の結婚の時に母が私に送ってくれた、あの大仰な桐の着物箱のいくつかは、開けるのも面倒で手つかずにしていた。

最近ようやく、どうしようかと思いあぐねながら、クローゼットからその桐箱を引っ張り出した。先生のところに持っていって見ていただくと、「どうして何年も開けずにいたの！」とたいそう叱られた。

そして、たとう紙を開けながら溜息をこぼし、「美香さん、これは大変な着物よ」

とおっしゃった。それから先生は帯や小物、その一つ一つを手にとって、「こんな見立ては簡単にはできない。お母様が時間をかけてちゃんと選んだ証拠よ」ともおっしゃった。その口調はとても厳しかった。

あの頃は母も田舎の家の嫁として、母として、また自分の仕事も抱えていて忙しく、周りではいろいろなことも起きていて、私の着物を選ぶどころではなかったはずだ。それなのに結婚前の娘にと、秋田の田舎の店々を回って一生懸命着物を誂えた。当の娘は、今すぐ使える家電やら家具やらが必要な新居に、まったく浮世離れした着物が届いたことに当てがはずれたような気持ちになり、26年もの間、クローゼットに入れたまま感謝すらしなかった。

先生は着物の稽古を通して、こんなこともおっしゃっていた。
すべての回り道に意味がある。
あえて回り道をしなさい。
すべてに感謝できるように……。

私はちゃんと回り道ができているのだろうか。
母があの時何を考えて娘に着物を、と思ったのか。今なら母の気持ちがわかる。
こうやって何十年かかかって桐の箱が開き、母の気持ちが溢れる着物を見たとき、
私は先生の前でボロボロと泣いてしまっていた。

11月9日
幸せについて、少しだけの理解。

子育て中に音訳ボランティアを始め、子供たちが独り立ちした頃からは、お弁当宅配のボランティアを始めた。手作りのお弁当を一人親の家庭に配る仕事。ハンバーグやエビフライ、野菜、彩りも栄養も考えられた美味しそうなお弁当を車に乗せて、2

時間ほどかけて家々を回る。

子供たちに早く食べてほしくて、急いで車を走らせる。お弁当は傾けないように慎重に。ご近所に見られて嫌な家庭もあるかもしれないから、訪問は迅速に。

すぐに玄関に出てきてくれる家もあれば、気づいてくれなくて何度かチャイムを騒々しく鳴らしてしまうこともある。

ママが出てくることもあれば、ママの帰りを待つ小さな子供に預けたりもする。半分だけ開くドアと、最小限の会話。そして奥に見える部屋。のぞいてはいけない領域だと思いつつ、勝手にその生活を想像し、幸せになってほしいと祈りながら、お弁当を手渡す。


私は好きな人との間に子供を授かり、好きな仕事をして、50歳になった。

「堀井さんは幸せそう」「運がいいよね」という周りの言葉になんの反論もない。

ただ、遠い昔、何度か、このままいなくなりたいと願ったことがあった。

一人で立っていることすら辛かった。

将来の自分のことを考えられないほど、思考も感情も退廃的で、光など見つけられるはずもなかった。

だから、ずっと幸せであることには慣れていない。幸せが続くと後でしっぺ返しがあるのではないかと不安になる。幸せを独り占めすることは許されないと思う塞ぎもある。

きっとボランティアをする理由は、自分の幸せを繋ぎとめたいからなのかもしれない。神様に、この幸せな時間を大目に見てもらうため、何かの埋め合わせをしているだけなのだろう。

太宰治の作品に『燈籠』という短編がある。

出自があいまいなまま日陰で生きてきた娘に好きな人が現れ、その人のために盗みを働いてしまう。一度、一人の人を愛そうとしただけ、世間を信じようとしただけなのに、報われずに恋は終わる。

外の世界から疎まれ、また以前のように身を寄せ合って暮らす家族。

最後、三人だけの食卓で、自分たちを照らす一つの電燈にささやかな幸せを感じるという物語だ。

私はこの小説に救われてきた。六畳間のたった一つの明かりの下にある小さな幸せこそが、紛れもなく強く、そして真実だと解釈してきた。それしか考えが及ばなかった。

つつましく生きている弱い者こそが、美しい。私たちはこれでいいのだ。何かを諦めても、自分たちに届いた小さな幸せをそっと抱いて生きていければいいのだと思ってきた。

しかし、先日、朗読を見てくださっている深作健太さんが、私の『燈籠』を聞いて「ほんの少しの思い込みが見えた」とおっしゃった。そしてこう続けた。

「この状況で暮らす家族に少しの憐れみを持って、『月』にしてしまっている。それは美香さんの想像の範囲をこえていない。彼女、そして彼女の家族は、本当に『太陽』の光のリフレクションを受ける月という存在なのか。彼ら自身を『太陽』にしてみてください」と。

自分の傲慢さを丸裸にされたような指摘だった。

6畳一間の幸せが慎ましいものだと誰が決めた。

私は、独りよがりな幸せの概念で、勝手に視線の先を選び取っただけだ。

世の中のすべてのこと、神様は平等に与えないかもしれない。

でも本当のところ、どちらが太陽でどちらが月か、どちらが照らし、照らされているかなど誰にもわからないのだ。


あの人が幸せでいられるようにと祈ろう。

自分が幸せでいることをためらわないようにもしよう。

そして他人の幸せを勝手に決めない。


今私が幸せについてわかっていることは、これくらいのことである。

11月10日
三人での夜。
——『すべて忘れてしまうから』に寄せて

燃え殻さんに初めて会ったのはラジオの収録だった。

『すべて忘れてしまうから』という燃え殻さんの単行本刊行を記念した特別番組で、彼がリスナーの悩みや忘れられない出来事に答えていくというもの。私は燃え殻さんのアシスタントとして出演とのことだった。

私たちは収録の二、三日前にツイッターで挨拶をした。「打ち合わせ、全然できてないのですが、収録よろしくお願いいたします」「僕もよくわからないまま行きますが、お願いします」みたいなやりとりだったと思う。

収録の間、彼は自分の記憶を手繰り寄せるようにして、リスナーのメールに丁寧に優しく答え続けた。昔、酷いいじめにあっていたこととか、悲惨なパワハラを受けていたこととか、傷跡のような自分の時間をさらりと話しながら、「すべてから逃げてください」と笑って言った。

彼が発する言葉は、どこかにたどり着こうとするものではなかったが、その答えを聞いていると、本は静かにめくられ、彼の作品ひとつひとつが浮かび上がってくるようだった。彼の記憶と共に、自分の過去も呼び起こされそうになったが、そこに身をうずめようとはせず、振り払った。記憶を無理にアップデートしてきた私には、逃げてきた何かに、もう一度向き合うことは難しいから。

周波数低めの声で、無気力な雰囲気さえ漂わせてはいたけれど、むしろこうやって淡々と、しこりとも思えるようなある日の話ができるなんて、きっとこの人は私より強い人なのだろうなと、マイク越しに彼のことを見ながらぼんやりと考えていた。


いつだったか、私が土曜ワイド劇場の「江戸川乱歩の美女シリーズ」がどれだけ素晴らしいかを一方的に語った時、自分も昔見たことがあるとおっしゃって、放課後学校から帰ってきてどんな風にテレビの前に座って江戸川乱歩のドラマを見たか、その不気味さに小さい自分がいかに震えたかを、こと細かに話してくれた。そしてこの本に出てくる、彼の祖父や祖母のこと、家族との海水浴のこと、母親と見た団地の明かりのことなんかを語るのと同じように、屈託なく話しながら、楽しそうに笑っていた。不確かな幻想のようではあるけれど、この本で、私たちが知らない、彼の内なる世界をのぞけるのは嬉しい。その中でも彼の語る少年時代の話が好きだ。

いたいけな燃え殻少年を想像するとき、正直、今の燃え殻さんより愛おしい。きっと臆病で泣き虫でか弱い少年だったのかもしれない。でも、いつも彼の周りには心地よい人々がちゃんといて、彼の過去にはしっかりと幸せな思い出がある。だから彼は今、一瞬の景色を緩やかに切り取ることができているのだろうと思ったりもする。

竹中直人さんと燃え殻さんと三人で集った日がある。

土砂降りの夜で、店の窓には雨の中に反射する首都高速の赤と緑の光跡が、綺麗に映しだされていた。それはとても楽しい時間で、竹中さんはいろんな話をしてくれた。

燃え殻さんが羨ましくて泣いてしまうという、つげ義春の『無能の人』の中にある「この広い宇宙に三人だけみたい」というセリフが竹中さんにとってどんなに惹かれ

る言葉なのか。燃え殻さんが愛する映画「ヌードの夜」の監督である石井隆という人間が、竹中さんにとってどんなに大切な存在なのか。

そして私たちが感傷的になって少し黙ると、ブルース・リーのモノマネをしてくれたりもした。竹中さんの向かいに座って、燃え殻さんはずっと嬉しそうだった。

何時間かの幸せな時間をすごして、私たちは竹中さんの帰りを見送った。五階の踊り場の窓から二人で顔を出して下をのぞき込み、雨の中、車に乗りこむ竹中さんに向かって叫んだけれど、雨の音に消されて竹中さんは気づかなかった。

彼は憧れの人の背中を見下ろしながら

「この景色は一生忘れない」と声を落とした。その低く柔らかい声と言葉とともに、暗い地面、わずかな波立ちと光の中で、シャッターがゆっくりと切られる。そしてその映像は、ゆらりと浮かび上がるリフレクションのように、自分の脳の中に染みついていく。雨の中の実像と水たまりの反射面が合わさり、本当にこの世界に二人だけという感覚になっていき、息が止まりそうになった。

前にもこんなことがあった。確かに私はその人の言葉に救われた。誰だったかもわからないし、本当にあったのかもわからない。そうしてその記憶は私の前から消えていった。それはあまりにも蒼然としていて、今ではもう、思い出そうとする気力すらない。

過去も、たくさんの人たちのことも、すべて忘れてしまうから、一緒に時間を過ごした人たちの言葉を一つくらいは覚えておきたいと彼は話す。でもきっと、彼という存在が、彼そのものが、その言葉を、誰かと二人だけの世界を、作ってきたのだと思う。

今はこの瞬間から消えてなくなる。薄まり、溶暗の中に置き去りにされる。そこからそっと記憶を連れ出してくれるのが、燃え殻さんであり、彼の作品なのだろう。

三人でいた雨の夜は、もう遠い錯覚となった。

でもそれでいい。

もしいつか、彼があの日の景色を書くことがあるならば、覆いは優しく外されるはずだから。

11月15日
取材でよく聞かれる久米宏さんとのこと。いつもは話さないけれど、ただただ私の勝手な思いを久米さんの許しもなく綴ってみた。

２００９年から、２０２０年まで11年間、土曜日の午後「久米宏　ラジオなんですけど」というラジオ番組のアシスタントを務めた。６００回を超える放送の間、私は久米宏さんの顔を見続けてきた。そして久米さんの正面という一番贅沢な席に座りながらも、話についていけずにぼんやりしていたり、すっとんきょうなリアクションをしたり、気の利いたことは一つも言えぬままに時間が過ぎていった。

スタッフにお願いして生放送を録音したCDを持ち帰っていたので、今も手元に1200時間を超える会話が残っている。時々取り出し、写経のようにその言葉を書き起こしていく。

静かな空間でその声を聞いていると、久米さんが放送前に明治のチョコを4粒食べていたこととか、久米さんが大笑いしている様子とか、久米さんが使っているトンボの赤青鉛筆の転がる音なんかを思い出す。

多くの人が語るように、久米さんは天才だ。

ある番組プロデューサーが「僕たちが出す新しいアイデアのほとんどは、既に久米さんが試されていることなんだ」と言っていたが、今もまだニュースのスタイルや演出は、久米さんが変革した形に安居したままだ。

リポートやトークにおいて使われている数多の手法は、久米さんが編み出したものだということを、今のキャスターやアナウンサーは知らないかもしれない。

久米さんはその稀有な才能でテレビの一側面を作ってきた。ラジオでご一緒した11年間も、ずっとおざなりなことはしなかった。

多くの人が言うように久米さんは反権力としての発言を貫いた。

その発言がぶれることはなかったし、ご本人が著書の中で語った「僕たちは自由に発言し行動していいという生き方を伝える」ということを身をていしてやり続けた。

ときにシニカルな物言いに、リスナーはその言葉の裏にあるサブテキストをよく考えた。久米さんが最終回におっしゃった「僕はクセがある人間なんでね。聞く人もクセがあったと思いますが」という言葉は、久米さんと同じく安易な立場でいることを拒んだリスナーへの、久米さんなりの賛美でもあったと思う。

そしてなにより、多くの人が久米宏という美学を目の当たりにしてきた。

それは、〝久米宏〟をまとって生きることだった。そばにいた私たちにとっても、目に映る久米宏さんの姿は、佇まい、身につけるもの、発言、すべてにおいて完璧だった。

久米イズムは揺るぎない。誰にも邪魔はできない。私たちは「久米さんの美学」という言葉の心地よさに酔った。

だから久米さんが番組を去ると決めたとき、誰一人暴れなかった。「もっと続けてほしい、どうして辞めるのですか」と、会社や本人にごちゃごちゃ言う人間はいなかった。皆が久米さんが打つピリオドを汚さぬように、平静を装った。

そして、気がついたときにはもう遅かった。

「ラジオなんですけど」の最終回、2020年6月27日。生放送が終わると、久米さんはいつもと同じようにことをすませて、いつもと同じ時間にスタジオを出て行った。TBSラジオの9階のエレベーターホールまで久米さんのお見送りをして、「じゃあね」と言って手を振る久米さんの姿が、エレベーターの扉が閉じて見えなくなったとき初めて、久米さんが私たちの前からするりといなくなってしまったことに気づいた。

私たちは、こうして簡単に久米イズムの手中に落ちた。

番組が終わると聞いてから何カ月かのすべてのことは、ただの成り行きだったのかもしれない。でも久米さんを見送ったあの時、私もスタッフも皆、この変化に動揺することもなく、ただただ「久米宏　ラジオなんですけど」に関わった一人として、自分を誇れていた。

それは久米さんが、私たちに用意したシナリオだとしか思えないのである。

コロナ禍だったから、送別会もない。あのまま皆で集うこともなくもう2年が過ぎた。

毎週会うアシスタントから、久米宏さんの一ファンという立場になった私は、少し遠慮して、時々メールを送る。返信があると飛び上がるほど嬉しくて、何度も読み返す。

ご飯のお誘いもしてみるが、こちらは完全にスルーされる。コロナ禍にあって会食を避けるというのは久米さんにとっては当たり前のことなのかもしれない。しかし我慢できずに、あの手この手で①何月何日何時、②何月何日何時、③……と選択制にしてみたり、「久米さんが興味のありそうな人も同行します」とまき餌をしてみるが、効果は一切ない。見事な徹底ぶりだ。

映画会社の人から「試写会にいらしていた、相変わらず素敵だったわよ」とか「青山で歩いているのをお見かけしたが、どこのおしゃれなシニアモデルかと思った」などという情報も舞い込んでくるから、私とご飯を食べるのが面倒なだけなのだろう。まあ、ほんの11年、アシスタントをしただけの私は、久米さんの星の数ほどの人脈からしたら塵みたいなものであることもわかっている。

にしてもだ。

ある日は、ルーマニアの詩人エミネスクの「明星」という詩を読みながら、急に久米さんのことを思い出した。ルチャファルという明星が、狭い枠の中で小さな幸せに溺れる人間ではなく、己の才能に生きることを選ぶ。有限ではない永遠の存在を選び取るという詩である。ああそうか。きっと久米さんはルチャファルだ。久米さんは神話なのだ。自分を納得させる無理やりな解釈で天を仰いでみたりもする。どうかしている。

ある日は、久米さんが自分の心境を表しているとおっしゃった横溝正史の「どん栗の落ちて虚しきアスファルト」という辞世の句をふと思い出し、その意味が気になって気になって、なぜか横溝正史のことを何時間もしらべた日もあった。これだってどうかしている。

番組が終わっても、相も変わらず、私は久米さんに翻弄されているのである。

そのことを「らじなん」を聞いてくれていた友達に話したら、「私なんて、土曜の午後になると久米さんの声が聞きたくて、今でもさみしくなるよ」と言ってくれた。長く報道の現場で働いている知人は「こういう時、久米さんならどう言うかなっていつも思うんだ」とメールをくれた。

私たちはみんな、久米さんがあの日放送の最後におっしゃった「ここでお別れってわけじゃないですからね。チャンスがあったら是非また」という言葉にすがっているけれど、その「是非また」という言葉の余力ももう限界にきている。

みんな久米さんの言葉を欲している。

久米さんが語ってくれると信じている。

なによりも久米さんのその声で、ちゃんと聞きたいと思っている。

兎にも角にも、気をしっかり持とう。また、美学に遠慮して行儀よくしすぎたり、勝手に神話のような存在にまつりあげることも厳禁だ。

私たちが叶えたいのは、ただただ久米さんの話を聞きたいとか会いたいとか、そんな素敵なことなのだ。

メールはあまりしつこくて、嫌われてもいけないから、頻度が大事だ。

最近では、本当にこれは久米宏さんご本人とやりとりしているのか？　と疑わしくすらなっているが、今日も今日とて私は、どうでもいいことをなぜだかどうしても話したくなってメールを送った。

例のごとく無邪気に食事の誘いも入れてみたが、また今回も華麗に無視（笑）。

やはり手強い。この攻防、我が道のりは遠そうだ。

11月20日
ペペロンチーノの黄金比。

ここ何日か、美味しいペペロンチーノを作りたいと思っている。

それもイタリア料理でいう「アーリオ・オーリオ・エ・ペペロンチーノ」。パスタというベースに、アーリオ＝にんにく、オーリオ＝オイル、ペペロンチーノ＝唐辛子、そして塩と水という最小限の素材だけで作るパスタだ。

そもそも料理の素となる「だし」もない。「だし」を求めてブイヨンを加えるとか、仕上げに少量のバターで乳化を促進するとか、テクニックはネットにあふれているが、何らかの材料を追加して本物を名乗るのは邪道のような気もしている。

その結果、私のペペロンチーノの味は、なかなか決まらずにいる。そのことを、私よりも料理にはまっている夫に話すと、シンプルな構造には深みがあるのだと教えてくれた。そして、ペペロンチーノはまるでパルテノン神殿だなと笑った。

建築を学んできた夫曰く、建築を極限まで還元すると、屋根と柱になり、それを太古に具現化したものがパルテノン神殿なのだそうだ。

パスタという土壌に、屋根と柱に相当するニンニクとオイルと唐辛子が建てられ、ひとつになるこの料理。ペペロンチーノとパルテノン神殿は、そう遠くない構造の上に成り立っていると捉えられると言う。なるほど。そう考えると、肉だ、魚だなどと美味しいものを付け加える行為は、建築に装飾を加える行為と相似している。

パルテノン神殿に装飾を加えれば加えるほど、それは残念な建築になり下がるのだから、私がこだわっている、〝何も加えないペペロンチーノ作り〟というのも間違ってはいないはずだ。小細工なしで頂点を極めてこそ、本物ということであろう。

夫は、パルテノン神殿が他の建物よりも評価されるのは、そのプロポーションであり、またそのディテールなのだとも教えてくれた。確かにペペロンチーノ作りにも、それぞれの素材の黄金比と、ディテールの妙があるように思う。

今の私はつまり、このペペロンチーノという極めてシンプルな料理の構造の中に、美しく、気持ちのいい調和を見つけられずにいるのだ。

50歳で27年間勤めた会社を辞めた。

アナウンサーとしての仕事も、会社員であることも、極めてバランスのとれたものであったし、ルールに則って進めば黄金比の割合もなんとなく手に入れられた。よって、会社員時代のパルテノン神殿は、力強くもあり、それなりに完成されていて、外からゆっくりと眺めることもできたはずなのだ。

けれど、会社を辞めてからは、何かの黄金比など考える間もなく、新しくできた無秩序の中で、慌ただしく毎日を過ごしている。

今までとは、働く環境も、仕事の内容も違う。

会社員時代は毎日、赤坂の局の1階から19階までを規則的に動いていた。どのフロアにも、社食にも、エレベーターにも、気の知れた仲間の顔があった。同じ呼吸、同じ流れ。

でもそのホームから出て、漂流の身となった今は、毎日身の置き所を探す日々だ。今日はあちらの会社、明日は向こうのスタジオと、拠点を持たずに四方八方に動く。仕事で会う人たちも、訪れる場所も初めて。仕事の合間の自分の居場所がないことに気づき、見知らぬ公園や商業ビルの人混みの中のベンチで、一息つくことも覚えた。

着るものだって変わった。いつでも画面に出られるような女子アナ風のブラウスやスカートという出で立ちは必要なくなった。その代わり、風通しの良さや身軽さを求めて、だるだるのワンピースとサンダルで出かける。

近々50歳にして髪の毛をミルクティーベージュに染めるつもりだ。

今の自分を珍しがってくれているのか、思いもよらない仕事も舞い込んでくる。まだフリーとしては駆け出しだから、時間が許す限り、いや多少無理してでも受ける。結果、この歳になって、天気の良い週末に、受験生のように机にしがみついていたりもする。

今日はまる一日このエッセイを書き、英単語の暗記に悪戦苦闘した。あんなに相性が悪かった英語をおばさんになってまた始めることになるなんて、どうしたものかと頭を抱えてしまう。

新しい世界で、まだうまくバランスがとれているわけではない。重心だってグラグラしている。

でも何かからはぐれてもいないし、何かを失っても怖いとは思わない。自分がやるべきことはわかっているから混乱だってしていない。

だから今、この無秩序の中でさすらっていることすら、まんざらでもないと思えてくる。

周りには、「もう少し休んだら」とか、「せめて自分で新しい仕事を作るのをやめなよ」とか、言われたりもする。

自分自身、このフルスピードがどこまで続くかわからないから、とにかく行けるところまで行きたいのだ。

85歳にして現役で毎日働く母もまた、子育てをしながら保育士をしていた時代、定年後になっても、のんびり休みをとったことなどなかった。

目に浮かぶのはいつも忙しそうに働く姿。何日もかけて旅行に行くこともなく、家族とのくつろぎの時間でゆっくり充電することもなく仕事をしていた人だ。

そろそろゆっくりしたらと何度か声をかけたこともあったが、本人の答えはいつも「働くことは心の拠り所だから」だった。そして、いつしかその母の思いをしっかりと受け継いでしまっている自分に気づいたりもする。

それは俗に言われるような、仕事への執着でもなければ、欲の所有とも違う。がむしゃらに働いて生きることが幸せという、その人にしかわからない真理である。

仕事がすべてを満たしてくれることはないが、仕事を手放したところで他のもので埋められないこともわかっているのだ。

もう一踏ん張りして、名声や富を手に入れようとも、もっと幸せになりたいなどとも思わない。ただやっぱり仕事は自分の礎であり、仕事から離れることなどできないのだとも思う。

そうであるならば、あと何年かの残された生涯において、仕事、家庭、自分、他には何も入れず、それらの素材だけのシンプルな構造の中で生み出される、気持ちのいいバランスの黄金比とはどれほどなのか。自分の中に、まだ存在していないディテールを取り込んでいくことはできるのか。これもまた50歳でペペロンチーノに目覚めた私の、予測できない未来だ。新しい時間空間の創造。

大げさでなくとも完璧でなくともいい、目指すのは深みのある味だ。

11月30日
「ジェーン・スー」さんについてのこと。

自分の人生を大きく変える人がいる。

あの人と出会って、予想外の道を進むことになった、違う自分になれた、新しい景色を見られた。それは一瞬の出会いだったり、何年も一緒にいた結果だったりする。

私にもそういう引力が働き、押し上げてくれた人たちは何人かいるが、間違いなくその一人がジェーン・スーさんだ。

私たちは、9年前ラジオ番組で出会った。

当時TBSラジオでは野球放送のないオフシーズンのみ「ザ・トップ5」という番組をやっていて、スーさんはすでに過去2年、違うパートナーと組んでいた。カーラジオから流れるその番組は、いつも若い人たちがはしゃいでいて、時間に追われて子供の稽古の送り迎えや買い物にと走り回る自分にはまったくの別世界であった。

3シーズン目を前にして、なぜかプロデューサーの橋本吉史君から、「今季は堀井さんに出てほしいんです」と打診を受けた時、42歳の私は、反射的に断った。でも彼は、「あるテレビのプロデューサーから、『堀井を使える腕を持て』と言われた。それにあたってはどうしてもジェーン・スーさんと組んでみてほしい。二人は絶対に跳ねる」そんなことを言ってくれたと思う。彼があまりに自信を持っていうので、引き受けてみた。

今では「石神井川の奇跡」として有名な、宣材写真に写るジェーン・スーさんは、いわゆる、アーティスト然としていた。きっと会話に、英語とか洋物の情報をおりまぜながら語る人だ。化粧もファッションも隙がなくて、嫌いなものはダサいもの。それは今まで自分が意識して交わってこなかったタイプの人でもある。少しでも話を合わせるべく、その辺に落ちている洋楽や海外の情報を無理やり拾って初回の放送に挑んだ。

なのにその日、スタジオのジェーン・スーさんは、ただのおばさんだった。ガハハと笑う感じも、雑なしゃべり方も、容赦ないツッコミも、テンポよく出てくる名言も、そのすべてが気持ちよかった。彼女が目の前にいてくれたから、「トップ5」を担当したあの半年間のすべてを、なんの気負いもなく、はしゃいで過ごすことができた。

橋本君が目算した通り、「スーミカ」という言葉も生まれ、そしてなぜか二人の関係は跳ねた……んだと思う。

「相談は踊る」「生活は踊る」。TBSラジオで順調に活躍の場を広げる彼女のおこぼれにあずかるように、私はパートナーとして、程よい場所にいた。

なんとなく気が合うことは早くに気がついたが、同士として大切な存在になったのは、「生活は踊る」で週に一度会うようになってからだと思う。

いつからか、相手が今何を考えているのかがわかるようにもなってきた。

「スーさんはどんな人ですか?」と取材で聞かれることも多い。私は決まってこう言う。

彼女は強い。

そうなのだ。自分自身を蔑んだり、過小評価したりもしない。もはやあの自信がどこからきたものなのか、いつ腹をくくったのかもわからないが、彼女に「私なんか」の言葉はない。

本当は認めてほしいのにモヤモヤしたり、本当は欲しいのに遠慮したり、そういうまどろっこしいこともしない。

私などは自分が傷つきたくないから、求められていないとわかると早々に身を引く。自分で自分を制御してしまう。彼女のように強くはなれないけれど、そばにいると自分を肯定し続け、手を挙げていくことは何も恥ずべきことでないと、意識が変わっていくのがわかる。

彼女は周りも先も見ている。

あの忙しさで、どうやって情報を収集しているのかわからないけれど、今何がソーシャルリスクで、何が求められているかの嗅覚は常に持っている。そして誰よりも目利き。先鋭的であり、調整に命をかける、そして、ツイッターやラインの返信もなぜか誰よりも早い。

そして彼女は自分の道も人の道も作る。

何の邪念もなく、自分が進むべき道をどんどん作り上げていく。そして周りの人のためのレールまで敷き、どんどん走らせて成功させていく。停滞している誰かを花火のように、でっかく打ち上げたりもする。

私が会社を辞める時、最初に相談したのは、きっと彼女なら「やってみなよ」と言ってくれると思ったからだ。そしてスーさんの「最高じゃん」という言葉はいつも私に勇気をくれた。

ジェーン・スーという存在が、どれほど私の意識を変えてきたか。彼女とこうして同じ時間を過ごすことがなければ、今の自分はなかった。こういう形で前に進むことはなかったと思っている。

だから思う。

他人の人生を大きく変える力のある人がいるならば、そのうちの一人は紛れもなくジェーン・スーさんなのである。

ジェーン・スー×堀井美香　特別対談

やっぱり「ナレーション」がやりたかった

スー 独立してもうすぐ1年だけど、どう？　忙しいでしょう？

堀井 うん。ありがたいことに、本当に忙しくなってきました。

スー 独立する前は「月に数本しか仕事が入んないかもしれないけど、それなら家のことをのんびりやろうかな〜」とか言ってたもんね。私は絶対忙しくなるって言ってたのに、全然信じなくて。案の定ふたを開けたら仕事の依頼がいっぱい。なんで問い合わせ先を自分にしたんだよ！っていう（笑）。

堀井 だって、ご連絡いただくのなんてポツポツだと思ってたの！　週に4日ぐらい働いて、3日休み、みたいな感じかなと思ってて…。

スー 今、週7日働いてるじゃん！　会社を辞めるかどうか迷ってる段階で少し話は聞いてたけど、最初はいきなり独立ということでもなく、いくつか道があったよね。独立はいくつかの選択肢の中の一つに過ぎなかった。

堀井 そうそう。でも、話しているうちに一番やりたいのは、ナレーションだってことが見えてきて。だから現場から離れない道を選ぼうとして、会社を出ることになったんです。

スー　会社員の人生においては、最後まで勤め上げてそれなりの地位をいただいて…というのは立派な道だと思うんだけど、それでも現場のほうがよかった？

堀井　そうなんだよね。やっぱりナレーションがやりたかった。それに、50歳くらいの年齢でやめていくアナウンサーの人って、先輩でもいたし、他局でも、いたといえばいたの。

スー　確かに男性だと何人かいたかもね。でも、女性だとまだ珍しいんじゃない？　だから、時代がだいぶ良くなってきたってことかもしれない。これまでの女性アナウンサーって、若さとか、どれだけファンがいるか、とかで世の中に査定されてきたところがあると思う。でも、スキルで独立できるようになったことが堀井さんで証明できたわけで、堀井さんの実力とか、努力もさることながら、世の中の受け皿もちょっと変わってきたのかもしれない。

堀井　そうですよね。互助会の皆さんも、辞めた報告をした後すごくたくさんメールをくださって。皆さん励ましてくれたのが、すごくうれしかった。（編集部注：互助会…ジェーン・スーさんと堀井美香さんによるトーク番組、TBSポッドキャスト「OVER THE SUN」のリスナーのこと）

スー　そうだよね。辞めたことによって、互助会の人たちは勇気づけられたって言ってくれたし、逆にその言葉で堀井さんも勇気づけられたたし、お互いの気持ちの再利用発電みたいな感じ

だったよね。

堀井　本当に。ああ、私の選択は間違ってはなかったんだなっていうのは、互助会の皆さんのメールで思えましたね。独立直後こそ、大丈夫かなとか考えたこともあったけど、今はなるようになるって思えるようになった。この先どうなるのか、むしろ楽しみなくらい。

スー　ただ、ちょっと心配ではある。最初の何年かは仕事を受け過ぎてしまってもしょうがないの。名刺を配り歩くようなもんだから、やんなきゃいけないところもある。けど、体力とか精神力とか、年齢は絶対に影響してくるから気をつけないと！　あと、経費が絶対足りなくなるから、すべての領収書を取っておけ！っていう私の教え、覚えてる？

堀井　うん。本当そう思います。既にパンクしかけてます。そして領収書は…足りないよねえ（笑）。

スー　人の話、全然聞いてないから！　お母さん言ったよね？　絶対、期末に足りなくなるって言ったよね？

堀井　すいません（笑）。

スー　あとね、今マックスでやっている仕事量も、どこかで減らすタイミングがくるから、考えないといけなくなるよっていうことも、フリーランスの心得として伝えておきます。

堀井　全部やりたい仕事ばっかりいただくんですよね。だから、つい全部やろうと…。

スー　やりたい仕事を取捨選択しなくちゃいけないのが、会社員と比べて精神的にきついかもね。とにかく倒れないでって感じですよ。

あとさ、堀井さんて、自分の仕事じゃないところまで手を出すでしょう？「そこはやんなくていいんだよ！」っていうような。「手を離せ！　そのカジキは釣れなくていい！」って、私が毎度止める。そもそも筋力ない人なのに、どうしてそこで全力を出そうとするのか。

堀井　そう。私、すぐ自分の役目じゃないところで、「私が連絡しておくから！」とか言っちゃうの。フリーランスになって初めて知ったんだよね。仕事ってそれぞれ担当が分かれているって。会社にいる時は全部自分がやってたし、ほら、みんな疲れてるじゃない？　私が動けばいい話だよねっていう時には自然と動いちゃうんです。

スー　会社員の感覚でやっちゃってると思うけど、ダメなのよ。自分でやった方が早くても、そこは手を出しちゃダメ、っていう領域があるの。私も会社員の時にはやってたんだけど、やっぱりフリーランスになってからは、「あ、これは私が仕切っちゃダメなやつだ」っていうのを失敗しながら少しずつ学んでいった。だって、もしトラブって、「誰が連絡取り始めたの？」という話になったら、責任とれないからね。

堀井　黙ってなさいってことですね。

スー　そう。「お母さん言ったでしょ？」だよ！（笑）

でも、それは会社員の時に頑張って会社に尽くしてきたり、職域を超えてまで仕事をまわしてきたり…優秀な人ほどソロ活動になった時に陥るところだと思う。でも、主宰者が別にいて、呼ばれる立場になると、責任取れないわけだからね。

誰にも奪われないものを、若手に渡していきたい

堀井　フリーランスになると、「若手の教育」っていうとおこがましいけど、そういうものと縁がなくなるかと思いきや、関わる人の大半が自分より年下になるというのも発見でした。

スー　人との接し方は会社員と全然違うよね。若手の育成という「業務」ではなくなるけど、我々は自分たちの名前で世の中にものを出しているから、ある種「名前を人質にとられている状態」でもある。

堀井　うんうん。

スー　だから、たとえ相手のミスであったとしても、自分の仕事が妙な形で世の中に出てしまうと、自分の失敗になってしまう。そこは目を光らせなきゃいけない。それは、フリーランスのプラスアルファの仕事として出てくるところかも。だからといって、自分で仕切っていいかって言うとそうじゃなくて、「あ、そこの窓が開いちゃってますけど、大丈夫ですか?」とか、「このままのサイズだとドア通れないいんじゃないですかねえ～?」とか言って、仕切りをうまくやってもらうよう促す作業になるというか。

堀井　でもそれ、本当に難しい。言われた方は傷つくだろうしさ。後輩というわけでもない立場の若手とやっていくっていうことは、本人は一生懸命やっているのに、外からお姉さんたち2人がアレコレ言う、という図になるわけだから。

スー　そうだね。しかも私はけっこうはっきり言っちゃう方だし。堀井さんは、ついこの間まで会社組織にいたから、いわゆるパワハラ研修みたいなものをちゃんと受けていて、若い人への接し方がすっごい丁寧なんだよね。でも、私はそれをストリートで学んできてるから、はっきり言うので…堀井さんはヒヤヒヤしてるんじゃない？　横で見てて。

堀井　あ、でも、そんなことはないです。スーちゃんて、すごいきちんとフォローするじゃない。そういう方向でやるとちょっと危ないぞっていうシーンはこれまで多々あったけど、1回しっかり指摘することによってうまくいったら、その後すっごく褒める。「だから言ったじゃん！　できたじゃん！」みたいな。そこが本当にすごいなと思う。そうすると、やっぱり力もつくし、糧にもなってるし、本人たちも乗り越えたって感じがあるんですよね。

スー　私は会社員時代に大きな転換期があったんだよね。会社に入った後って、意外と誰にもちゃんとした仕事のやり方って教わらないじゃない？　仕事の手順は教えてもらえるけど、何のためにこの仕事があって、どういう風に進めていくべきなのか、っていう、一番肝の部分は教わらなかった。でも、入社して4～5年目に、ある先輩に教わったことがあったの。それで、「あ！　今初めて仕事を教わってる！」と思って。結局、今でも全部そのやり方でやってるんだよね。たぶん、それを教えてもらわなかったら、今まったく違う結果になってたと思う。だから、接点があって、一生懸命仕事をやりたいなと思っている子だったら、それを教えていこう、ということは心がけてる。だって、こっちは渡しても減らないじゃん？　「渡しても減らないもの」って、つまり「人から奪えないもの」なんですよ。そういうものを人に渡していきたい。なぜなら、その人も誰からもそれを奪われなくてすむ「財産」になるから。

堀井　そうだね、渡すだけ渡して、あとそれをどうするかは本人次第でもあるしね。
スー　そうそう。だって、堀井さんだって忙しいのに、辞めたアナウンサーの子たちの研修とかしてるでしょ？
堀井　うん…まあ、集まって練習することはやってるね。みんな忙しい子たちなんだけど、時間合わせて、数カ月に1回くらいは集まって。もう、皆じゅうぶん実力もあって、研修なんて必要ないような子たちだと思うんだけど、その気持ちが嬉しいよね。
スー　そういうことよ。なくならないものなんだから、どんどん渡してあげる。それってすごい大事なことだと思う。今って、かえって会社員のほうが、若い子たちにものを教えないところがあるじゃない？　すぐパワハラとか言われ

ちゃうし気持ちはわかるけど、今の若い人たちがまったく仕事ができないまま30歳、40歳になった時のことを考えると、結構怖いなと思ってるんだよね。これはまずいぞって。

堀井　そうかもしれないね。今はいろいろ難しいから…。

スー　でもさ、「使えない新人」っていうのは世の中に存在していいと思うの。私も自分の新人時代なんて土に埋めたいし、今考えるとひどい失敗をいっぱいしてきたけど、30代、40代でビジネスの常識がわかんないとか、すぐへこたれちゃうとかいう人がたくさん出てきちゃったら、将来が怖い。やっぱり誰かが早めに教えないといけないんじゃないかな。私は自分の新人時代に先輩がちゃんと熱意を持って叱ってくれたことに関しては、まったくハラスメントだと思わない。むしろ感謝してる。「指導」と「侮辱」は別だから、そこはちゃんとわけて考えないとね。

種類の違う二人の「強さ」

スー　堀井さんて、こう見えて体当たりタイプだし、やるか、やらないかでいったら、やるタイプだよね。

堀井　やっちゃうね。全部やってきました。私、多分、人より潔いんだと思う。結婚も出産も躊躇することと全然なかった。そこに迷いがないの。リスクとか考えないで、「あ、やりたい」と思ったら、わーってやっちゃう。

スー　私の方が全然慎重だよね。私は機を見てやるかやらないかは、すごい考えるし、テレビも出ないって決めているし。前はよく皆さんに、「そのうちテレビとかいっぱい出れますよ!」って言われたりして、「全部、断ってんだよ!」と思ってたけど（笑）。

堀井　大型の番組もいっぱい依頼がきてたよね。ドキュメント系とか。私よく頼まれたもん。堀井さんから頼んでみてくれない?って（笑）。

スー　テレビに出て顔バレすると、普通の生活ができなくなるのが嫌なのと、テレビは演出家のものだから、自分が主導権をとれない。期待に応えられるのか、短い時間でちゃんと話をまとめられるのか、っていうのが、私は向いていないと思うんだよね。だから、やっぱり自分の性格にあったことを選んでやってる気がする。さすがに最近はテレビのお話もこなくなりましたけどね。皆さん出ないとわかってくれたみたいで（笑）。

堀井　スーちゃんは、そういう選択のブレない強さがあるよね。

スー　そうだね。慎重に考えるけど、決めたらブレないかも。しかも私の場合の強さって、ともすれば物事を動かせてしまうパワーの方だから、気をつけないとなっていうことも思ってる。おかげさまで、声が大きくなってきてると思うから、できるだけこのパワーを正しく使って、物事を好転させたい。自分の地位を上げるためとかじゃなくて、正しくこのパワーが使えるといいなと思ってますね。

でも、堀井さんの場合はとにかく打たれ強い。そっちの強さだよね。強さって、一般的には私みたいに人をコントロールできてしまうような、支配のイメージが強いと思うけど、堀井さんは強さを使って何かを動かすとかってことより、宮沢賢治の世界というか、「雨にも負けず、風にも負けず」の打たれ強さ。

堀井　そうそう。「ここを耐えれば」とか、「長く続ければ…」とか、「四季は巡って冬はきっとは春になる」みたいな、まさにそういうことなんだよね。ひたすらこらえてれば、いつか光が見えてくる、というのが根本にあるんだと思います。それは、両親からの教えでもあり、土地柄もあると思うんだけど。

スー　そうやって今の立ち位置をつかんだのは、やっぱりあなたの強さだと思うよ。

これからの10年を楽しみに

スー　私は今までずっと行き当たりばったりできたんだけど、初めて〝これから〟を考えているところ。60歳で仕事を辞めるとは思わないけど、60歳から先はしゃかりきに働きたいとも思わないので、この10年で何をやるかっていうのはそろそろ考えないといけないな、と。

私の仕事って、エッセイやコラムを書いたり、ラジオやポッドキャストで喋ることだから、時代をそのまま反映させることになる。だから、古くなったら見えちゃうし、だんだん世の中の他の発信者の人とも似てきちゃうんですよね。

堀井　まあ、誰が先にやったか、とかは置いておいてもね。

スー　そうそう。それで、私、5年ぐらい前に気づいたの。このままいくと、〝おひとり様〟

の暮らしは楽しいとか、更年期障害を楽々乗り越える、みたいな需要で本を書いていく人生になるぞ、と。どうやったら、このラインに乗らないで生きていけるんだろうって。もちろん、更年期障害は絶対にテーマにしません！　とかそういうことじゃないんだけど、これまでの私は、同じことをやっている人があまりいないから喜んでもらえた存在だと思っているから、これから先は全然違う方向にハンドル切っていかないと。

堀井　そうか。スーちゃんは少し仕事を選んで減らす時期に入ってきたんだね。

スー　うん。私たぶん人生の7割8分ぐらいは仕事だったから、これを減らしていくのが次の10年のテーマ。堀井さんは？

堀井　私も、8割ぐらい仕事なんだよね。だから、いつかおばあさんになっても、一輪差しにお花差して愛でて、一日読書して…とかいう日は、絶対来ないと思う（笑）。

スー　わかんないよ？　花粉症のアレルギーみたいなもんで、ある日いきなりいっぱいになって、もう、仕事は十分！　満足した！ってなるかもしれないし。

堀井　そんなことある？（笑）

スー　いやいや、本当にわかんないよ！　今、私たちは20歳の時に比べたら、自分の仕事に満足しているわけじゃない？　ってことは、少なくとも積み重ねたものがあるわけだもん。この先も自分の中に積もっていくとしたらさ、別に穴の底が抜けているわけじゃないんだから、いつかスパッと満足する日がくるかもしれない。
堀井　じゃあ、いつか、ここが底だなっていう時がくるのかしら。そうしたらスーちゃんはどうするの？
スー　私は人生のどこかで海外に住みたいなあ。60歳過ぎてからかもしれないけど、海外に2、3年住んでみたいなっていうのはずっと思ってる。堀井さんは？
堀井　私はありがたいことに、だんだん趣味と仕事がうまくリンクし始めてるんです。朗読会っていって、全国に押し掛けていって本を読むボランティアもさせてもらっているし。だからあとは、多拠点でいろんなとこに住みたいなと思っている。なんとなく場所も決まり始めてきてるんだけど、それも朗読会しながら探せるし、全部繋がってきているの。仕事が人生や趣味を支えている状態で、そういう働き方ができている今、幸せだなあと思ってます。映画見ていても仕事になるし、島で小説読んでても、仕事っちゃ仕事なんだよね。だから、生き方に仕事を寄せてくることができてるのかもしれない。
スー　本当だね。今、すごくいいところにたどり着いたよね。
堀井　まだまだ失敗だらけだけどね。それも糧にしつつね。…あとは、将来は優しいおばあちゃんになるんだ。皆にお菓子とかお金とか渡していくような。1000円札とか、ティッシュにくるんでむりやり渡すようなおばあちゃん（笑）。

スー　私はもうしばらくは、自分のできることとやりたいことを考える時期かな。お互いのこれからの10年を楽しみにしながら。

おわりに

27年お世話になったTBSの退社を報告した2022年2月、退社後の日々を綴った本を出しませんかとお声がけをいただきました。

9カ月の間、言い訳をしながら締め切りギリギリに原稿を提出する私を、終始寛大に見守ってくださった大和書房の白井麻紀子さん。いつも最高の写真を撮ってくれるカメラマンのキム・アルムさん。久米さんはじめ私の稚拙な文章に出てくることを了承してくださった周りの優しい人々。この本の刊行に携わってくださった方々。

そして今、この本を手に取ってくださっているすべての皆様に、心より感謝いたします。

2023年1月3日、お正月。

夫と私、大きくなった娘と息子。久々に集まり、こたつに入って鍋を囲み、麻雀をしました。

4人でお互いに、「え？　なんで麻雀できるのよ！」と大笑いしながら。

もうそれぞれに自分の世界があって、いつも一緒にいたあの頃とは家族の景色も違います。

私にとってのこれからの時間がどう変化していくかはわからないけれど、少しの間、自分自身に向き合ってみようと思っています。

麻雀をした夜、娘にこの本へのメッセージをお願いすると、さらさらと文章を書いてくれました。最後に少しだけ載せさせてください。

ここまで読んでくださり、ありがとうございました。

またいつか、自分の思いを記せたらいいなと思っています。

母が私を産んだのは25歳のときです。今私は、その時の母と同じ歳になりました。当時の母の環境を想像すると、よく産む決意ができたなと思います。きっとたくさんのことを言われ、たくさんのやりたいことを諦めたのだと思います。

子育てと仕事を両立してきた20年、母は辛くても何も投げ出さなかったし、いつも他人の幸せを願っていました。

だから「沖に出る」宣言をした時、これまで我慢してきたことを、思いっきりやってほしいと思いました。

スナック菓子を一袋たいらげたり、仕事で失敗するとしばらく落ち込んだり、少し天然ボケだったり、私にとっては特別な人でなく、普通の母です。

どうかこれからも、仲良くしてあげてください。

初出一覧

わたしの東京。　「小説新潮」二〇二二年十一月号、新潮社
三人での夜。　「波」二〇二三年八月号、新潮社
ペペロンチーノの黄金比。　「一冊の本」二〇二二年十一月号、朝日新聞出版

堀井美香

1972年、秋田県出身。アナウンサーとしてTBSに27年間勤めたあと、2022年3月に退社しフリーランスに。現在は、TBSテレビ「坂上&指原のつぶれない店」、「バナナサンド」などの人気番組や、数々のCMなどでナレーションを担当。自身が開催する朗読会も、チケットが即完売するほど人気となっている。著書に『音読教室 現役アナウンサーが教える教科書を読んで言葉を楽しむテクニック』(カンゼン)、共著に『OVER THE SUN 公式互助会本』(左右社)などがある。

一旦《いったん》、退社《たいしゃ》。
50歳《さい》からの独立日記《どくりつにっき》

2023年3月1日第1刷発行

著者
堀井美香《ほりいみか》

発行者
佐藤 靖

発行所
大和《だいわ》書房
東京都文京区関口1-33-4
電話 03-3203-4511

本文印刷所
信毎書籍印刷

カバー印刷所
歩プロセス

製本所
小泉製本

ISBN978-4-479-39399-3

http://www.daiwashobo.co.jp

デザイン
三木俊一・西田寧々(文京図案室)

写真
キム・アルム(29P, 155P, 191Pを除く)

ヘアメイク
松藤晴香(Clover)

協力
TBSラジオ